KB250797

도시 비타민 M

맹형규 자전 에세이

도시 비타민 M

나무와숲

맹형규 자전 에세이

도시 비타민 M

초판 1쇄 펴낸날 2006년 1월 24일
초판 2쇄 펴낸날 2006년 3월 5일

지은이 맹형규
펴낸이 최윤정
펴낸곳 도서출판 나무와숲

등록 22-1277
주소 서울특별시 송파구 방이동 22 대우유토피아 1304호
전화 02)3474-1114
팩스 02)3474-1113
e-mail namusup@chol.com

값 10,000원
ISBN 89-88138-66-X 03810

거울을 닦으며

기자 생활을 30여 년 했으니 펜대 하나로 먹고 살았다고 해도 과언이 아닌데, 늘 남의 사연만 썼지 내 이야기를 쓰리라고는 꿈에도 생각하지 못했다. 아무 글자도 찍히지 않은 모니터에 첫 문장을 적을 때에는 세수 안 한 얼굴을 들이미는 것 같아서 내심 쑥스러웠지만, 마지막 글을 쓰는 지금은 마치 긴 시간 여행을 끝낸 듯한 가분이다.

피난길의 쪽방, 도봉산 선인봉, 신촌 백구두, 맹다구 시절, 남산의 취조실과 선거 유세장까지 숨가쁘게 살아온 내 삶을 펼쳐 놓고 보니 그래도 우울한 일보다는 기쁜 일이 많았고, 아쉬움보다는 뿌듯함이 많아서 내심 위안이 된다. 추억이라서 그런 것일까?

삶이란 굽은 산길을 걷는 것과 같아서 때로는 평탄한 길을 걷기도 하지만 때로는 험난한 비탈길을 오를 때도 있다. 돌아보면 내게도 비탈길이 왜 없었겠는가마는 별 탈 없이 오늘까지 살아온 것은 내 할아버지 수당 맹주천 선생의 덕이 크다.

"사내란 무릇 진퇴를 분명히 해야 한다."

할아버지는 귀에 못이 박히도록 일렀다. 추상같이 엄한 할아버지께 반항도 하며 자랐지만 이 말만큼은 온전히 받아들였다. 그래서 고민은 깊이 하되 한번 결정을 내리면 결코 흔들리지 않는다. 다니던 직장을 옮길 때에도, 정치권에 발을 들여놓을 때에도, 그리고 내가 이 글을 쓰는 지금조차도. 나를 키운 건 8할이 할아버지다.

언제부턴가 사람들은 거울을 보는 일이 드물어졌다. 나를 볼 시간이 그만큼 적어졌다는 뜻일 게다. 대신 카메라가 대중화되면서 남을 볼 시간은 더욱 많아졌다. 아마 내 탓보다 남의 탓을 더 많이 하는 것은 그런 이유에서인지 모른다.

책을 쓰는 일은 거울 속의 나를 보는 것과 같았다. 걸어온 길이 보이니 또 갈 길도 보였다. 일 더미 속에 묻혀 사느라 오래도록 챙기지 못한 나를 되돌아볼 수 있도록 컴퓨터 앞에 끌어앉히고 책으로까지 묶어 준 '나무와숲' 식구들에게 감사드린다.

2006년 1월

명형규

차 례

1
꿈꾸는 하모니카

"사내란 무릇 진퇴를 분명히 해야 한다." 할아버지께서 늘 틈날 때마다 귀에 못이 박히도록
들려주신 말이다. 당시야 무슨 선문답처럼 들려서 가슴에 와 닿지 않았지만, 사회생활을
시작한 뒤로 이 말은 내게 일종의 좌우명처럼 되었다. 서정주 시인을 키운 건 '팔 할이 바람'
이라고 했던가? 그렇다면 나를 키운 건 '팔 할이 할아버지'다. 교육자이셨던 할아버지는
어린이를 위한 동화도 쓰셨을 정도로 문학적 소양이 풍부한 분이셨다.

내 할아버지 맹주천

어릴 적 처음 뵙는 이웃 어른들께 인사를 하던 시절부터 학창 시절과 직장 생활을 거쳐 정치에 발을 내디딘 지금껏 처음 만나는 사람과의 소통은 으레 이름 석 자를 밝히는 일부터 시작된다. 재미있는 것은 내 소개가 끝나자마자 보이는 반응 또한 그 옛날이나 지금이나 거의 변함이 없다는 것이다.

어린 시절에야 '맹아무개' 소리에 일단 킥킥 웃음소리부터 들리기 일쑤여서 여린 속을 뒤집어놓기도 했지만, 웬만큼 성장을 한 뒤에는 일단 "참 희성(稀姓)이네요"라는 말을 듣게 되는 게 대부분이다. 간혹 농담 반 진담 반으로 "혹시 맹자님과는 몇

촌이나 되시나?" 하며 덧붙이는 이들도 있다. 정색을 하고 대답을 하자면 하루 반나절이 걸리는 일이기에 그저 "먼 할아버지뻘이죠" 하며 웃고 넘기지만, 중국의 성현 맹자님은 사실 우리 집안의 원시조다.

신라 진성여왕 때 유교를 전파하기 위해 당나라 한림원 오경박사(『주역(周易)』, 『시경(詩經)』, 『서경(書經)』, 『예기(禮記)』, 『춘추(春秋)』 등 경서(經書)에 능통한 사람) 자격으로 들어온 맹승훈이라는 분이 맹자님의 39대손이요 우리나라에 첫발을 내디딘 맹씨이기도 하다. 이후 고려 충선왕 시절 문무를 겸비하고 나라에 큰 공을 세웠다 해서 왕으로부터 출생지 이름을 딴 '신창백(新昌伯)'이란 작위를 받은 맹의 선생은 맹자의 51대손인데 이분으로 인하여 우리 집안은 신창 맹씨라는 지금의 본관을 쓰기 시작했다.

맹자님 다음으로 기억하는 맹씨를 꼽으라면 아마도 조선시대의 청백리 고불 맹사성 선생이 아닐까. 정승이 되어서도 남루한 차림으로 소를 타고 다니는 청렴함, 역모를 꾀하다가 잡혀온 태종의 부마를 법대로 처벌한 단호함, 주막거리에서 만난 한 패의 선비들과 신분을 감춘 채 질문의 끝머리에는 '공'을, 대답의 끝머리에는 '당'을 붙이며 '공당문답'을 주고받던 유쾌함을 갖춘 고불 선생의 일화는 요즘 어린이 동화책에도 실려 있을 만큼 유명해서 더 설명할 필요가 없을 듯하다.

학문이나 높은 관직 또는 뛰어난 서화 솜씨를 통해 널리 이름을 떨친 분들이 적지 않지만, 정작 내게 맹씨로서의 자부심을 갖게 한 분들은 고려 말의 충신인 맹유·맹희도 어른이다. 두 분은 부자지간이기도 하지만 조선조 고불 맹사성 선생의 할아버지와 아버지이기도 하다.

맹유 선생은 앞서 언급한 신창 맹씨의 시조 맹의의 아들로 최영 장군과 깊은 교분을 나누었고 그 인연으로 손자인 맹사성과 장군의 손녀딸을 혼인시키기도 한 장본인인데, 이성계가 최영 장군을 살해하고 정권을 잡게 되자 두 왕조를 섬길 수 없다며 두문동(지금의 경기도 개풍군 광덕면 광덕산 서쪽 자락)에 들어가 은둔 생활을 하며 새 왕조에 나가지 않았다.

아들인 맹희도 선생 역시 고려의 충신 정몽주와 동갑내기요 동문수학을 한 사이인데, 정몽주가 선죽교에서 이방원에게 살해되자 아버지와 같은 이유로 역시 두문동에 들어가서 은둔하였다. 이때 새 왕조에 대한 저항으로 조복(朝服)을 벗어던지고 두문동에 은거한 고려의 유생과 신하가 72인이었는데, 후세 사람들은 이 72인을 일컬어 '두문동 72현'이라고 부르며 존경을 표시했고, 정조 때가 되어서는 아예 나라에서 표절사(表節祠)를 세워 충절을 기리기도 했다.

그야말로 충신은 두 임금을 섬기지 않는다는 말을 몸으로 실천한 어른들이다. 나는 이 어른들의 이야기를 할아버지의 무릎 아래에서 들으며 줏대를 배웠다. 제 뜻을 세워 살기에는 감내해야 할 어려움이 많겠지만 옳은 뜻은 마침내 그 가치를 인정받는다는 믿음이 어린 날부터 오늘까지 내 가슴 한구석에 자리하고 있는 것은 바로 이 어른들의 일화 때문이라 하겠다.

이왕 집안 이야기를 꺼낸 마당이니 할아버지 이야기를 안 하고 넘어갈 수 없다. 아마도 지금쯤 중년을 넘긴 나이에 서울에서 학교를 다닌 이들이라면 꽤 많은 수가 기억하는 맹주천 교장 선생님이 바로 내 할아버지시다. 할아버지는 우리나라 교육계의 원로로 경기고, 용산고, 서울사대부고, 선린상고, 경기상고 등에서 교장 선생님으로 계시다가 정년퇴직을 하신 이후에는 사립인 보성고에서 교장 선생님을 하셨고, 대종교의 최고지도자인 총전교(總典敎)를 지내시기도 했는데, 내 기억 속의 할아버지는 늘 소탈하고 검소한 분이었다.

품이 작아 입지 못하게 된 양복일지라도 단춧구멍 자리에 천을 덧대어 깁고 거기에 새로이 단춧구멍을 만들어 입으실 정도로 검소했고, 관사 마당이나 주변 산비탈의 노는 땅을 텃밭으로 일구어 호박에 가지며 상추, 배추, 무 등을 손수 가꾸셨다. 덕분에 할아버지를 도와 동대문시장 종묘상을 드나들며 종자로 쓸 씨앗 심부름이며 두엄더미를 만드는 일, 또 똥장군을 짊어지고 거름 구덩이를 채우는 일은 온전히 내 몫이었다. 사실 사춘기를 막 지나는 내겐 썩 내키는 일이 아니어서 그 시절엔 반항도 많이 했다. 하지만 그것이 땅과 땀에 대한 철학을 가르치려던 깊은 뜻이었다는 것을 깨달은 건 머리가 제법 큰 뒤의 일이다.

할아버지는 교육자답게 엄하셨다. 집안 여자들은, 아무리 초등학교에 다니는 계집애라 하더라도 무릎이 나오는 치마는 절대 입을 수 없었다. 그것도 당시에 일할 때나 입는 노동복이라 할 흰 무명 치마저고리로 통일했고, 머리는 하나같이 땋거나 쪽을 지어야 했다. 드나드는 손님이 많아서 할머니뿐만 아니라 며느리들이 고생이 많았다. 그분들 역시 예외가 아니어서 흰 무명 치마저고리에 쪽진 머리는 교장 선생님 댁의 유니폼처럼 되어 버렸다.

나는 아직도 흥이 오른 술자리에서거나 술이 잔뜩 취해도 좀처럼 실수를 하지 않는다. 역시 엄한 할아버지의 영향이다. 나와 함께 술을 마시는 사람들은 이구동성으로 "맹형은 어떻게 그렇게 마시고도 취하질 않아?"라며 신기한 듯 묻곤 하지만 술에 장사 없다고 마시고 취하지 않는 사람이 어디 있을까. 다만 취한 티를 내지 않을 따름이지.

할아버지를 찾아온 손님들의 술심부름을 하고 아주 어릴 적부터 어른들이 건네는 잔을 홀짝홀짝 받아 마시다 보니 주량이 제법인 것도 사실이다. 대학 시절 내 별명이 '신촌 백구두' 였는데, 까만색 구두가 흘린 막걸리로 하얗게 변할 정도라고 해서 친구들이 붙여 준 별명이다.

하지만 그렇게 술을 마시고도 내 잠자리에 눕기까지는 거쳐야 할 통과제의가 꼭 하나 남아 있었다. 아무리 늦은 시간이라도 내가 들어오기 전까지는 주무시는 법이 없는 할아버지께 인사를 드리는 일이 그것이다. 취해서 비틀거리거나 혀 꼬부라진 소리를 내면 불호령이 떨어질 것을 뻔히 아는 터라 할아버지 앞에서 "다녀왔습니다"라는 말을 하고 돌아설 때까지는 취할 수도 취한 척도 할 수 없었다. 비록 내 방에 돌아와 기절을 하는 한이 있을지라도.

"사내란 무릇 진퇴를 분명히 해야 한다."

할아버지께서 늘 틈날 때마다 귀에 못이 박히도록 들려주신 말이다. 당시야 무슨 선문답처럼 들려서 가슴에 와 닿지 않았지만, 사회생활을 시작한 뒤로 이 말은 내게 일종의 좌우명처럼 되었다.

연합통신을 그만두고 국민일보사로 이직을 할 때에도, 국민일보사를 그만두고 서울방송으로 옮길 때에도, 또 서울방송을 그만두고 정치권에 첫발을 내디딜 때에도, 늘 선택의 갈림길에 서면 할아버지의 말을 머릿속에 떠올렸다. 고민은 냉철하게 하되 일단 새로운 결심이 서면 우물쭈물함이 없이 깔끔하게 정리를 했고, 모든 사람들의 축복 속에 새롭게 출발할 수 있었던 것은 바로 이런 할아버지의 가르침 덕분이다.

서정주 시인을 키운 건 '팔 할이 바람'이라고 했던가? 그렇다면 나를 키운 건 '팔 할이 할아버지'다.

정치권에 들어와서 가끔씩 '맹한 사람'이라는 비아냥을 듣는다. 선거 때는 아예 빠지지 않는 단골 메뉴이고, 상대가 듣기에 껄끄러운 소리라도 할라치면 어김없이 맹하다는 공격이 쏟아진다. 코흘리개 시절에나 철없는 친구들에게서 성씨에 빗대어 듣던 우스갯소리를 머리 희끗한 나이가 되어서도 듣는다는 현실이 서글프지만, 그것이 우리 정치의 현주소인 것 같아서 듣는 나도 안타깝다.

허나 그것이 닳고 닳은 정치인이 아니라서 제 밥그릇 챙기는 일은 뒷전이고 그저 열정 하나로 돈도 안 되고 표도 안 되는 일에 목숨을 거는 여전한 아마추어라는 뜻의 '맹한 맹형규'라면

언제든지 기쁜 마음으로 받아들일 준비가 되어 있다. 그런 의미
에선 약삭빠른 것보다 맹한 것이 더 나으니까.

'서울의 로트렉' 구본웅 선생

2001년에 개봉한 영화로
기억되는데 니콜 키드먼이 주연을 맡아 이듬해 골든글로브와
아카데미 시상식에서 작품상과 여우주연상을 수상한 〈물랑루
즈〉라는 영화를 본 적이 있다. 19세기 파리의 명물 물랑루즈를
배경으로 출세를 꿈꾸는 뮤지컬 여배우 샤틴과 야심에 찬 젊은
시인 크리스티앙의 운명적이고도 비극적인 사랑을 그린 영화로
주인공인 니콜 키드먼이나 이완 맥그리거 같은 유명한 배우들
이 뮤지컬 속에 나오는 노래들을 직접 불렀다고 해서 화제가 되
기도 했던 유명한 작품이다.

내가 이 영화를 아직도 기억하는 것은 뛰어난 작품성이나 화

려한 출연진 때문이 아니라 단순한 단역 배우 때문이다. 그때나 지금이나 그 배우 이름을 알지도 못하고 기억하지도 못하지만 그는 이 영화에서 절름발이 화가 뚤루즈 로트렉(1864~1901)을 연기한다.

뚤레즈 로트렉. 그는 프랑스 근대미술사에서 독보적 위상을 차지하고 있는 화가다. 싸구려 불빛에 후끈 달아오른 삼류 춤판 속의 댄서와 살냄새 비릿한 사창가의 창녀들을 주로 그렸지만, 그의 그림들이 어둡거나 침울하지 않다. 호쾌하고 자유로운 터치 때문이다. 밝고 사교적인 성격으로 많은 사람들의 호감을 샀고, 반 고흐를 비롯한 동시대의 가난한 화가를 돕기도 했지만 그의 삶은 결코 행복하지 않았다.

프랑스의 귀족 가문에서 태어난 로트렉은 열두 살 되던 해에 추락 사고로 성장이 멈춘 장애인이었다. 그런가 하면 두꺼운 입술과 혐오스런 외모로 여자들은 물론 집안에서조차 그를 외면하였다. 다행히도 그림 솜씨가 있어서 캔버스를 평생 친구이자 유일한 도피처로 삼았다. 하지만 끝내 자신의 비극적인 삶을 극복하지 못하고 알코올 중독에 빠져 서른일곱 살의 나이로 요절한 불행한 예술가다.

나는 영화 〈물랑루즈〉 속의 로트렉을 보면서 우리집 사랑방을 드나들던 한 예술가의 얼굴을 자연스럽게 떠올렸다. '서울의 로트렉'으로도 불리던 곱추 화가 구본웅 선생이 바로 그다.

우리 근대 화단에 이중섭과 쌍벽을 이루는 화가면서 시인 이상과의 친밀한 교분 때문에 영화 〈금홍아 금홍아〉 속의 또 다른 주인공으로 우리에게 소개되기도 한 구본웅 선생은 사실 할머니의 사촌 동생으로 할아버지의 처남이셨다.

다들 아시겠지만 구본웅 선생 역시 로트렉과 마찬가지로 개화된 부유한 가정에서 태어났다. 두 살이 되던 해 어머니를 여의고, 돌봐주던 가정부의 실수로 마룻바닥에 떨어지면서 척추를 다치는 사고를 당하는 바람에 평생을 불구의 몸으로 살아야 했다. 신체적 장애를 그림으로 극복해 낸 것도 로트렉과 판박이.

1927년에 조선미술전람회 조각 부문에 입선을 하면서 본격적으로 작품 활동을 시작했으나 이내 서양화로 전환하고, 신체 때문에 포기했던 일본 유학을 떠나 당시 유행하던 서양 미술 사조인 야수주의와 입체주의 영향을 받으며 공부했다. 구본웅 선생을 우리나라 최초의 야수파 화가로 부르는 것은 이 때문이다. 유학 당시인 1929년과 1930년에 일본 다이헤이요미술회 연구소가 주최한 콩쿠르에서 연거푸 상을 받으면서 주목을 받기

시작했는데, '서울의 로트렉'이라는 별명을 갖게 된 것도 이때
부터다.

피난 시절 한 집에 살았던 선생은 나를 무릎에 앉힌 채 꼭
끌어안고는 당시 유행하던 노랫가락을 흥얼거리기도 하고, 이
야기책을 읽어 주기도 했다. 그런가 하면 종종 아무렇게나 돌
아다니는 종이에 연필로 쓱쓱 그린 그림을, 종이가 마땅치 않
으면 이중섭 화백의 그 유명한 은지화처럼 담뱃갑 속 은박지에
꾹꾹 눌러서 그린 그림을 "옛다, 선물이다" 하며 건네주시기도
했다.

워낙 활동적이어서 앉아서 진득하니 하는 일에는 관심 없는
내가 유일하게 그림 그리는 일은 좀 취미가 좀 있는 편인데, 그
림이 좋아서 그랬던지 아니면 선물이란 말에 함부로 할 수 없
었던지 그렇게 받은 그림들을 하나도 버리지 않고 차곡차곡 모
아 두었는데 나중에는 그 숫자가 꽤 되었다.

돌이켜 생각하면 굉장한 가치도 있고 값도 적잖게 나갈 선생
의 그 그림들은 안타깝게도 지금 내 손안에 없다. 아니 세상에
존재하지도 않는다. 어느 해던가. 할아버지께서 용산고등학교
교장으로 계시던 시절, 관사에 불이 나면서 건물이 몽땅 타버렸
는데 그 귀한 그림들도 불길 속에 함께 있었다. 구본웅 선생이

내게 준 그림뿐 아니라 할아버지께서 받으신 숱한 그림이며 글씨들도 한 점 남김없이 재가 되어 날아갔다. 그렇게 구본웅 선생과 나의 인연도 아련한 추억으로 남았다.

그런 영향 때문인지 나는 어려서부터 그림을 곧잘 그렸다. 초등학교 시절에는 유네스코에서 주최하는 그림 대회에서 상을 타기도 했고, 딸아이들이 자랄 때는 글자 공부를 시킬 때 쓰는 그림카드를 직접 만들기도 했다. 카드 한 장 한 장마다 앞면에 소나 닭, 자동차나 전화기, 각종 꽃이나 나무를 그리고, 뒷면에 사물의 이름을 써넣은 카드를 만들어 주었는데, 아이나 아내는 "인쇄해서 파는 카드보다 더 근사한데?"라며 좋아했다. 그림을 그려 오라는 아이들의 숙제를 대신 해준 적도 여러 번인데, 그렇게 그려 간 그림을 제출한 아이들은 늘 최고 점수를 받아 왔다.

천성이 자유분방해서 한 곳에 몰두하는 일이 좀처럼 쉽지 않은 성격이지만 그림을 그릴 때면 신기하게 집중도 되고 그 순간만큼은 모든 일을 잊는다. 그림은 참 묘한 매력이 있다.

몇 해 전, 신문사에서 기자 생활을 하다가 은퇴한 동료에게 초대장을 하나 받았다. 은퇴 후 틈틈이 그린 수채화를 전시한다는 내용이었는데, 그 친구의 전시회장에 다녀오면서 얼마나 부러웠는지 모른다. 부러움의 정체는 그림이나 전시회가 아니라 여유다.

기자 생활도 그렇지만 정치를 하면서부터 부쩍 '내가 참 건조하게 살고 있구나. 인간미 없이 치열하게 살고 있구나' 하는 생각이 들 때가 많다. 건조한 생활이나 치열한 삶을 사는 것은 그만큼 여유가 없다는 반증이기도 하다. 하고 싶은 일은 산더미처럼 많지만 정작 무엇을 할 수 있는 여유라고는 눈곱만큼도 없는 현실이 늘 안타깝다.

누군가 내게 지금 하는 일을 다 정리하고 여유 있게 살게 된다면 무엇을 제일 하고 싶으냐고 묻는다면, 서슴지 않고 그 첫째로 그림 그리는 일을 꼽겠다. 또 그 그림들을 모아 소박하게나마 전시회를 열겠다고 말하겠다. 그림은 내게 여유를 뜻하는 대명사이기도 하고, 어린 시절 "고놈 제법 색깔을 쓸 줄 아는구나"라며 칭찬을 해주시던 사랑 손님들과의 추억을 되새김질하는 일이 되기도 할 터이다.

그런데 걱정이다. "예술은 꼭 삶의 무게만큼 나간다"는 스콜라 철학자 필로스트라투스의 말대로라면, 내가 그린 그림 역시 꼭 내 삶의 무게만큼 나갈 테니 가볍고 얄팍한 밑천이 고스란히 드러나는 건 어쩐다지.

팔방미인 아버지의 꿈

아버지를 생각하면 가슴에
묵직한 돌을 얹은 듯 편치 않다. 이 땅의 아들들이 갖는 아버지
에 대한 감정과 다를 바 없다. 어머니라는 단어를 들을 때 밀려
드는 파장과는 사뭇 다른 무게감. 뭐랄까, 연민이라고 표현하면
적당할까. 당신만의 꿈과 희망이 있어도, 위로는 보수적인 데다
엄격한 윗세대에 눌리고 아래로는 거느린 식솔에 치받쳐 마음
껏 제 뜻을 펼쳐 보일 엄두조차 내지 못했던 이들이 우리네 아
버지요 그 세대다.

내 아버지는 예술가의 기질을 다분히 갖춘 자유분방하고 호
방한 분이었다. 예술가 기질을 가진 분답게 심성도 여리고 착했

다. 지금의 경기고등학교인 경성제일고보를 다니셨는데, 요즘
도 가끔씩 당시의 동기이자 단짝이었던 민관식 씨 얘기를 꺼내
신다. 민관식 씨는 5선 국회의원을 지낸 분으로 박정희 대통령
시절에 문교부장관, 5공화국 직전 최규하 대통령 시절에 국회
의장 직무대행을 지냈고, 최장수 대한체육회장으로 한국 스포
츠 근대화의 아버지라고 불리는 분이다.

"키는 작달막하지만 몸집은 아주 다부진 친구인데 못하는 운
동이 없어. 개성이 집이어서 매일 경성까지 기차로 등하교를 했
는데 주먹맛도 만만치 않아서 기찻간 일본 애들에게 시비도 걸
고 혼내 주기도 했지, 아마. 그것 때문인가 일년 유급을 하고는
그 뒤로 서울서 하숙을 하며 학교에 다녔을 거야. 나와는 틈만
나면 함께 테니스를 치는 파트너였다고."

얼마 전이었던가. 일 때문에 마침 민관식 씨를 만날 일이 있
기에 아버지 말씀이 생각나서 농반 진반으로 넌지시 여쭤 보았
던 적이 있다.

"선생님, 학교 다니실 적에 유급하신 적이 있다면서요?"

"너희 아버지가 그러더냐? 하하하. 나는 한 해 유급에 그쳤지
만 네 아버지는 두 해를 유급했는데 그 말은 쏙 빼먹고 안 하
든? 하하 하하하."

　나로서는 처음 듣는 얘기여서 이 말을 그대로 아버지께 전하고는 정말 그러시냐고 물었더니 아버지는 주저하는 기색도 없이 냉큼 대답을 하셨다.

　“응. 하하 하하하.”

　경기고 출신이니까 공부도 곧잘 했을 아버지의 꿈은 화가였다. 그러나 당시만 해도 화가를 환쟁이라 부르며 비하하던 시절이어서 엄한 할아버지께서 허락할 리 만무했다. 당대의 내로라 하는 예술가들과 스스럼없이 지내며 사랑 손님으로 들이던 할아버지도 막상 당신 자식이 환쟁이라 불리는 화가가 되는 건 허락할 수 없었던 모양이다.

　할아버지의 속내는 당신 아들이 농사나 짓고 조상들 모신 선산이나 돌보면서 조용히 살기를 원하셨다. 그것이 집안의 장손이라면 마땅히 해야 할 일이라고 생각하시는 그런 분이었다. 화가와 농사꾼이라는 서로 다른 두 단어가 주는 어감의 차이만큼이나 할아버지와 아버지는 서로 다른 꿈을 꾸고 있었던 것이다.

　지금도 내 앨범 어딘가에 누가 찍어 준 것인지 기억이 가물가물한, 젊은 시절의 아버지 사진이 한 장 있다. 당시 유행하던 맥고모자를 쓰고 술 한 잔을 걸친 채 호방하게 웃으며 밤거리를 거니는 사진 속의 아버지 모습이 참 인상적이다. 친구도 많고

미남 소리를 들을 만큼 잘생기고 낭만도 철철 넘치는 그런 아버지와 선산을 지키며 농사짓는 아버지는 내가 보기에도 거리가 멀어도 한참 멀다.

꺾인 꿈에 대한 반항 때문이었던지 아버지는 고등학교를 2년이나 유급한 끝에 졸업했다. 그리고 기계전문학교를 마친 뒤 사회생활에 뛰어들었다.

처음에는 남들처럼 직장을 잡고 월급쟁이 노릇도 했지만, 자유롭게 살고 싶은 아버지가 견뎌 내기에는 좀 버거웠던 모양이었던지 곧 그만두고는 사업을 시작했다. 사업도 아버지의 체질과 맞아떨어지는 일은 아니었지만 가끔은 성공도 하고 가끔은 실패도 하면서 그런대로 꾸려 나갔다.

군납에도 손을 대셨는데 일이 잘 풀렸던지 꽤나 크게 하셨던 기억이 나고, 그 후엔 무교동에 사무실을 내고 새로운 간판을 내붙였다. '화일토건'. 이 토건회사 시절에 판 굴이 청주 어딘가에 있다는 소리를 듣긴 했지만 내가 확인한 바 없으니 알 수 없는 일이다. 가끔씩 아버지는 그 시절을 회상하시곤 하는데, 당시 사무실 근처에 지금은 그룹이 된 현대가 건설회사 간판을 걸고 있었다면서 "그때 토건회사가 잘 나갔으면 지금 현대만큼 되었을지도 모르지"라며 사람 좋은 웃음을 웃으시는 걸 본 적도 여러 번이다. 하긴 그렇게 되었다면야 아버지 인생뿐 아니라 내 인생도 지금과는 아주 달라졌을 테다.

그러나 토건회사도 어느 순간에 문을 닫고 이번엔 삼천리자 전거를 따라잡겠다며 동일자전거라는 상표를 붙인 자전거를 만 드시기도 했고, 샘표간장이 한창일 때에는 아버지 이름의 가운 뎃자를 따서 흥표간장이라는 이름의 간장을 시중에 내놓기도 하셨다.

잘 나가던 시절이었다. 전쟁이 끝나고 피난에서 돌아온 뒤에 는 차도 한 대 굴릴 만큼 살았다. 어느 해 여름인가는 온 가족을 차에 태우고 친구들과 함께 천렵도 다니실 만큼 아버지는 가정 적인 면모도 갖춘 분이었다.

허나 사업가로서의 성공은 거기까지였다. 내가 중학교 1학년 이던 해, 일들이 틀어지기 시작하더니 급작스레 무너졌다. 시쳇 말로 쫄딱 망한 것이다. 사업이란 게 본래 부침이 있는 것이니 만큼 웬만하면 다시 새로 시작하셨을 법도 하련만 아버지는 나 만 할아버지 댁에 남기고는 그 길로 고향인 양평으로 내려가셨 다. 더 이상 일어설 힘이 없기도 했겠지만 사업이 당신 체질과 맞지 않는다는 것을 깨달으셨는지도 모를 일이다. 의도하지 않 았지만 애초 할아버지의 뜻대로 땅이나 파고 선산이나 지키는 삶으로 되돌아가신 셈이다.

"뭐하려고 그렇게 오장육부를 아프게 하면서 사냐?"

4년마다 선거를 치르느라 힘들어하는 모습을 보이면 아버지는 늘 이렇게 말씀하신다. 복잡한 일로 골머리를 앓는 모습을 보여도 마찬가지다. 속 끓이지 말고 제 편한 대로 사는 게 제일이라는 말씀에서 아버지의 유유자적한 여유를 본다. 내게 없는 바로 그 여유를.

피난 시절

17대 국회가 개원하고 얼마 지나지 않아 한 초등학생으로부
터 엽서 한 장을 받았다. 학교에서 이런 엽서를 써 보내는 수업
이 있었는지, 아니면 정말 전쟁에 대한 두려움이나 평화통일에
대한 염원 때문에 스스로 이런 엽서를 적어 보냈는지 알 수 없
지만 참 대견하다는 생각이 들었다. 전쟁 발발의 위험성을 얘기
하면 마치 시대를 거꾸로 사는 듯한 사람 취급을 하는가 하면,

통일을 말하는 사람은 몽상가 취급 하는 어른들이 적지 않은 세상이어서 더욱 그렇다.

비록 어린 나이였지만 나는 전쟁을 겪었다. 다섯 살 나던 해였다. 대포 소리도 따발총 소리도 들리지 않았지만 평소와는 다르게 비장한 표정을 하고 분주하게 움직이는 어른들을 보며 '무슨 일이 일어났구나' 하고 짐작할 뿐이지, 그것이 전쟁이라고는 꿈에도 생각지 못했다.

어린 내게도 보따리가 하나 안겨졌다. 할아버지와 아버지는 어디로 가셨는지 보이질 않고, 나는 할머니의 손을 붙들고 집을 나섰다. 어머니와 나보다 더 어린 동생들도 함께였다. 나들이쯤으로 생각하고는 물었다.

"엄마, 우리 어디 가는 거야?"

"난리가 나서 피난을 가는 거야. 할머니 손 꼭 붙들고 놓치지 마라. 네 보따리도 잊지 말고 꼭 챙기고."

난리며 피난이란 단어가 무슨 뜻인지는 몰랐지만 어머니의 다급한 목소리만으로도 순간적으로 공포감이 몰려왔다. 괜스레 마음이 조급해져서 잘 걷던 걸음걸이도 자꾸만 비척거리는 것처럼 느껴졌다. 사람들은 꾸역꾸역 길거리로 쏟아져 나오고 있었고, 어린애든 어른이든 손에 등에 보따리며 등짐을 지고 있었다. 사람들의 틈바구니에서 행여 할머니를 놓칠세라 손바닥에 땀이 나도록 꼭 붙들었다. 그리고 가끔씩 뒤를 힐끗거리며 어머니와 동생들이 제대로 쫓아오는지 확인했다.

나는 지금도 영화나 텔레비전을 보다가 화면이 빠르게 돌아가는 장면이 나오면 꼭 그때 그 피난길이 떠오른다. 종종걸음으로 이리 헤집고 저리 헤집으며 잠시도 쉴 짬조차 없이 바삐 걷던 그날의 풍경과 너무나 닮았다. 배고픈 줄도 모르고 힘든 줄도 모르고 지루한 줄도 모르고 그저 조급한 마음 하나만으로 동당거리며 하염없이 걸었다.

부둣가에 닿았고 거기서 배를 탔다. 요즘처럼 규모도 크고 편의시설도 갖춰진 배가 아니라 돛단배였다. 그 배로 마산까지 가야 했으니 우리가 겪었을 고생은 말하지 않아도 짐작할 수 있을 테다. 힘들고 배고프다며 시시때때로 울던 동생, 바다를 뚫고 쏟아지는 총탄, 허연 이빨을 드러내며 손바닥만한 배를 덮치던 거대한 파도…….

처음에는 이 모든 낯설고 살벌한 모습에 잔뜩 움츠렸지만 시간이 지나면서 차츰 적응을 하기 시작했다. 총탄이 쉼 없이 쏟아지는 것도 파도가 연신 들이닥치는 게 아니란 걸 알아차린 것이다. 오히려 사격 소리나 파도 소리가 들리지 않으면 사방이 너무도 고요해서 왠지 심심하고 허전하기까지 했다.

나른하면 아무 생각 없이 잠을 자기도 했고, 할머니와 어머니 앞에서 동생들과 율동도 하고 노래도 불렀다. 비행기에서 퍼붓는 총탄 세례로 지금 당장 배가 어떻게 될지도 모르는 상황이고 집채만한 파도가 그깟 돛단배를 삼키려 든다면 그것 역시 순간이다. 한치 앞도 내다볼 수 없는 긴박함 속에서도 아무렇지 않게 부르는 아이들의 노래라니, 참 지금 생각해도 아이러니한 일이 아닐 수 없다.

잠자는 것도 동생들과 함께 재롱을 떠는 일도 시들해졌던지 슬슬 장난기가 발동했다. 일찍부터 동네에 알짜하게 소문난 장난꾸러기였던 내가 아닌가. 낯선 배라고 해서, 피난길이라고 해서 굳이 참아야 할 이유가 없었다.

배에 오르면서부터 유심히 봐두었던 것이 하나 있었다. 하늘 높이 치솟아 펄럭이는 돛이었다. 무료함을 이기지 못해 배 안 이곳저곳을 기웃거리며 돌아다니다가 돛 아래에 이르러서는 머리를 하늘로 꺾고는 하염없이 쳐다보았다. 그러다가 문득 돛을 매단 밧줄을 보고는 '저걸 풀면 어떻게 될까?' 하는 호기심이 생겼다. 돛단배에서 돛이 어떤 역할을 하는지 정도만 아는 나이가 되었어도 감히 엄두내지 못할 생각이다. 어느새 나는 슬금슬금 밧줄을 풀기 시작했다.

'좌르르르르—'

밧줄이 풀리는 것과 동시에 거대한 돛이 갑판을 향해 쏟아져 내려온 것은 너무도 당연한 일. 사람들이 급하게 쫓아 나오고 큰일났다며 웅성거리는 소리를 듣고서야 비로소 내가 일을 저질렀다는 생각이 들었다. 할머니와 어머니에게 혼쭐이 난 것은 물론이고 배 안에 타고 있던 다른 어른들에게도 눈물이 쏘옥 빠지도록 꾸지람을 들어야 했다. 그렇게 진한 눈물의 밤을 새우고 나서야 우리는 마산에 도착할 수 있었다. 서울 원서동 개구쟁이의 진면목이 고스란히 드러나는 일화다.

마산에서는 방 한 칸을 빌려 살았다. 할머니와 어머니, 그리고 나와 동생들이 가지런히 누우면 딱 맞을 만큼 작았다. 다닥다닥 붙여 지은 작은 방을 피난민들에게 빌려 주는 집이었는데 어찌나 허술하게 지었던지 옆방에서 나누는 말소리는 물론이고 코고는 소리, 껌 씹는 소리도 들릴 정도였다. 칸만 막아 놓아 보이지만 않을 뿐이지 서로 드러내 놓고 사는 셈이었다.

가뜩이나 옆방에서 나는 소리 때문에 시끄러워서 잠도 제대로 자지 못할 지경인데, 밤이 되면 또 다른 소리까지 보태져 들렸다. 다다미가 깔린 방바닥에서 나는 소리였다. 쿵짝거리는 음악 소리도 들리고 무슨 좋은 일이라도 생겼는지 왁자하니 웃고 떠들어대는 소리도 들렸다. 알고 보니 그곳은 요즘으로 치자면 나이트클럽이라 할 댄스클럽이었다.

밤마다 쿵짝이는 소리에 잠을 못 이루는 것도 부아가 나고 시끄러운 것도 눈살을 찌푸리게 했지만 어린 마음에도 사람들이 죽어 나가는 전쟁통에 희희낙락대는 꼴이 몹시 거슬렸던 모양이다. 이 넋 빠진 어른들을 끓려 주어야겠다고 생각한 나는 어느 날 위층 우리 방에서 아래층 댄스클럽을 향해 냅다 오줌을 갈겨 댔다. 갑작스런 오줌 세례에 클럽은 순식간에 난장판이 되어 버렸고, 덕분에 눈물이 쏙 빠질 정도로 밤새 혼찌검이 났지만 닻의 밧줄을 풀던 그날과는 아주 다른 묘한 쾌감을 느꼈다.

전쟁을 겪은 많은 사람들의 숱한 증언처럼 길가에 나뒹구는 시체를 보았다거나 주민들을 모아 놓고 총살을 시켰다는 등의 살풍경한 모습을 나는 보지 못했다. 내가 겪은 가장 큰 공포라야 비행기에서 굉음과 함께 쏟아 붓던 기관총 소리가 전부다. 그럼에도 불구하고 내 기억 속의 전쟁은 그 자체로 공포다. 또한 길고 지루한 피난길의 고생, 옆방의 소음을 들으며 생활하고 아래층에서 새어 나오는 시끄러운 음악 소리를 들으며 잠드는 불편함, 곱고 단아한 어머니가 머리에 떡을 이고 돌아다니며 장사를 해야 하는 궁핍함으로 다가온다.

내 기억과 경험 중에서 내 아이들에게 물려주고 싶지 않은 단 하나, 그것은 바로 전쟁이다.

꿈꾸는 하모니카

암벽을 탄답시고 수도 없이 오르내렸던 선인봉·만장봉·자운봉은 세월이 흘렀는데도 변함없이 그대로다. 함께 산을 타던 친구들끼리 '성모마리아상'이라는 이름으로 부르던 주봉도 변함없기는 마찬가지다. 달라졌다면 그 옛날 까까머리였던 내가 이제 머리 희끗한 중년이 되었고, 밧줄을 울러매는 대신 등산용 스틱을 짚었다는 사실뿐이다. 워낙 산을 좋아해서 백두산에서 한라산까지 안 다녀 본 산이 없을 정도지만 도봉산을 찾은 것은 거의 몇십 년 만이다. 아마도 내게 도봉산은 암벽을 타기 위해 찾는 산으로 잠재되어 있었던 모양이다.

학창 시절, 나는 참 활동적이었다. 앉아서 하는 일보다 뛰거나 땀을 흘리며 하는 일을 더 좋아했다. 취미 생활도 당연히 운동에 집중되었는데, 할아버지는 그런 나를 퍽 못마땅하게 생각하셨다. 당신 아들에게 걸었던 기대처럼 장손인 내게도 말썽 없이 학교를 마치고 농사를 지으면서 조상 묘나 돌보며 살기를 요구하셨다.

하지만 할아버지의 뜻을 따르기엔 나는 너무 젊었고 혈기가 넘쳤다. 하고 싶은 것도 많고 할 일도 많았다. 그래서 할아버지의 한마디가 법처럼 통하던 집안 분위기였지만 유일하게 반기를 드는 사람은 나뿐이었다.

"하지 마라."

"왜 안 되죠?"

"하지 말라면 하지 마!"

"할 거예요!"

"이놈이 정말!"

음악 용어 중에 크레센도라는 게 있다. '점점 세게'를 표시하는 말인데 할아버지와 나의 대화는 늘 이런 식으로 진행되었다. 낮고 근엄한 목소리로 할아버지가 말을 꺼내면 내가 거기에 한 옥타브쯤 보태어 반발을 하고, 그런 내 모습이 노여워 언성을 높이시면 더 큰 목소리로 대드는 식이었다. 마침내 책상을 내리치거나 자리를 박차고 뛰쳐나오는 게 클라이맥스라면, 화가 머리끝까지 오른 할아버지가 내 뒤통수를 향해 목침을 내던지거나 몽둥이를 들고 쫓아 나오는 것은 마무리쯤 된다. 둘의 실랑이는 늘 이렇게 끝났다.

부딪치는 일은 할머니라고 해서 예외가 아니었다. 전날엔 분명히 산에 가도 된다고 하시던 분이 어찌된 영문인지 정작 당일엔 앞을 가로막고 못 가게 하신 적이 한두 번이 아니다. 산에 다니는 일뿐 아니라 내가 무엇을 하려고 들면 사사건건 "안 된다"는 말부터 앞세우셨다.

돌아보면 당시의 할머니를 이제는 이해할 수 있다. 요즘처럼 자식을 한둘만 낳아 고이 뒷바라지하는 것도 아니고 의료 기술이 발달한 것도 아니어서 여럿을 낳아 그 중에 죽거나 잘못되는 경우도 많던 시절이었는데, 할머니도 그런 경우에 해당했다. 특히 내게 막내삼촌 되는 할머니의 막내아들은 선천적으로 눈이 잘 보이지 않는 약시인 데다 몸도 허약해서 가족들의 애를 끓였다. 이런 막내아들이 안쓰러워 늘 안절부절못하던 할머니 눈에, 아무리 손자라지만 당신 아들보다 공부도 제법 하고 이리저리 친구들과 몰려다니기 좋아하며 운동한답시고 유도장에 들락거리고 산을 오르내리는 내가 고와 보일 리 없었을 테다. 더욱이 그런 삼촌과 내가 나이 차이가 그리 많지 않은 연배였다는 것도 할머니의 속을 헤집어 놓은 이유 중 하나였을 것이다.

할머니는 매사에 나의 행동거지와 당신의 막내아들을 견주고 비교했다. 말끝마다 "네 삼촌 좀 봐라"는 말을 입에 달고 사셨는데, 내 귀에는 억지처럼 들려 가뜩이나 뒤틀린 심사를 더욱 꼬이게 했다. 그럴 때마다 할아버지에게 하듯 할머니에게도 똑같이 대들었다. 할머니의 행동이나 말을 가슴으로 이해하기에 나는 너무 어렸고 당돌했다.

이런 일이 한두 번 되풀이되고부터는 아예 어른들께는 산에 간다거나 운동하러 간다거나 친구와 놀러간다는 소리를 입밖에 꺼내지 않았다. 대신 도서관에 간다며 책가방을 챙겨 나와서는 친구들과 함께 산에도 가고 운동도 하고 아무렇지 않게 들어오는 날이 많아졌다. 사람은 무릇 정직해야 하고 목에 칼이 들어와도 거짓말을 해서는 안 된다는 것을 신조처럼 여기며 사는 나로서는 참으로 괴로운 나날이었다.

"애, 너 맞고 사는 건 아니니?"

신혼 시절에 친척 아주머니가 함께 부엌일을 거들던 아내에게 조심스레 물어 보시더란다. 하도 엉뚱하고 난데없는 물음이라 손사래까지 쳐가며 "그럴 사람도 아니고 그렇게 살지도 않는다"며 대답을 해도 영 믿지 않는 눈치더란다. 새파란 녀석이 얼마나 우악스럽게 대들었던지 친척 아주머니는 다 자라서 결혼까지 한 나를 마누라나 때리고 사는 거친 놈으로 생각하고 계셨던 것이다. 그만큼 그 시절의 나는 좀처럼 길들여지기를 거부하는 야생마와도 같았다.

갑갑하고 무거운 집안 분위기를 툴툴 털어내기 위해 자주 찾던 곳이 도봉산이었다. 끓어오르는 혈기를 마음껏 발산하기에는 도봉산의 암벽 등반만한 것도 없었다. 주로 오른 곳은 측면 코스. 십자로를 기어오른 뒤에 트레버스(traverse : 암벽이나 빙벽 등을 옆으로 가로지르거나 비스듬히 가로지르는 행위)로 바위를 옮기면 사람 하나가 겨우 자리 잡고 설 공간이 있었다. 발밑은 천길 낭떠러지여서 내려다보는 것만으로도 오금이 저려 오는데, 그 아슬아슬함이 주는 묘한 쾌감은 경험하지 못한 사람으로서는 도무지 상상도 할 수 없는 일이다. 거기서 한숨을 돌리고는 우리가 '먼로 궁둥이'라 부르던 둥근 바위의 갈라진 틈 사이에 팔을 끼워 넣고 온몸을 찰싹 붙인 채 낑낑대며 올랐다. 그리고 마침내 선인봉 정상에다 밧줄을 매달고 바위산 이쪽저쪽을 겅

중경중 뛰어내려올 때면 몸을 흥건히 적신 땀뿐 아니라 할아버지의 노기 띤 음성도, 할머니의 잔소리도 바람에 실려 시원스레 날아갔다. 거기에 하모니카 연주까지 한 곡조 멋들어지게 곁들이면 그야말로 가슴속 묵은 응어리까지 다 풀어지는 듯한 느낌이었다.

나는 어렸을 적부터 하모니카를 곧잘 불었다. 시도 때도 없이 하모니카를 꺼내 불어서 할머니에게 시끄러우니 그만두라는 핀잔도 종종 들었다.

그러나 달랑 밧줄 하나만이 유일한 의지가 되는 허공에서야 아무도 간섭할 사람이 없었다. 오히려 생각지도 않다가 듣게 되는 산중의 하모니카 소리에 함께 바위를 타던 사람들이나 근처의 등산객들은 브라보를 외치며 박수까지 보냈다. 하지만 끊어질 듯 이어지고 이어질 듯 끊어지는 그 선율 속에 사업을 접고 고향으로 내려가 시골살이를 시작하신 아버지에 대한 그리움, 엄한 할아버지와 무거운 집안 분위기로부터 벗어나고 싶어하는 욕구, 수시로 부딪치는 할머니와의 갈등이 고스란히 배어 있다는 것을 아는 사람은 아무도 없었다.

저만치 떨어진 박쥐 코스에 오늘도 젊은 날의 나처럼 밧줄 하나에 목숨을 의지한 채 암벽을 오르는 사람들이 보인다. 너무 위험해서 전문가급의 선두가 없이는 타지 못한다는 코스여서 나는 아직껏 한 번도 타보지 못했다. 당장이라도 달려가서 그들과 함께 매달리고 싶은 충동이 밀려왔다. 곳곳이 추억 덩어리인 도봉산에 오르다 보니 어느새 나이를 깜빡 잊은 것이다.

가지 않은 길

잠깐 짬이 나서 요즘 젊은이들이 즐겨 본다는 인터넷 신문을 이리저리 클릭해 가며 읽다가 생각지도 않게 백기완 씨가 찍힌 사진을 발견했다. 지난번 농민 시위 때 숨진 전용철·홍덕표 씨의 장례식에 참석한 백기완 씨를 찍은 것인데 검정 두루마기에 빨간 목도리를 매고 이제는 아예 트레이드 마크가 된 허연 사자머리를 한 모습을 보고는 '젊었을 때나 지금이나 한결같이 멋있구나' 하는 생각이 들었다.

내가 백기완 씨를 처음 만난 게 고등학교 1학년 때니까 지금으로부터 40년은 족히 된 일이다. 우연한 기회에 시민단체와 인연을 맺게 되었는데, 그 단체 이름이 '국민생활정화연맹'이었다. 언론인 정충량 선생과 서울시장을 지내신 김상돈 씨가 중심이 되어서 농촌 계몽 운동을 하던 단체로, 이분들은 그저 이름만 걸어 놓았을 뿐 실질적인 운영이나 활동은 젊은이들이 맡았다. 백기완 씨는 그 단체에서 이를테면 활동대장격이 되는 역할을 맡았다.

그때도 지금처럼 평생 빗질 한 번 해보지 않았을 것 같은 헤어스타일을 하고 다녔지만 그 모습이 어린 눈에 얼마나 멋져 보였는지 '나도 머리를 기르게 되면 저렇게 해야지' 하는 마음을 가졌을 정도였다.

연맹 사무실은 광화문 미국대사관저로 들어가는 길가 왼쪽에 있는 3층짜리 건물 꼭대기의 가건물을 빌려서 사용했는데, 사무실을 들락거리며 만나게 된 백기완 씨를 우리는 형님이라고 부르며 곧잘 따랐다. 그때도 백기완 씨의 입담은 대단해서 사람들을 모아 놓고 연설을 하면 어찌나 구수하고 재미있게 말을 이어가는지 시간 가는 줄 몰랐다. 그런 그를 우리끼리는 은밀하게 '구라쟁이' 또는 '백구라'라고 부르며 킥킥거렸다. '구라'란 본래 속이거나 거짓말을 뜻하지만, 그에게 붙인 구라라는 별명은 대단히 입담이 세다는 의미와도 같았다.

고백하건대 나는 그의 구라를 통해 민족을 배웠고 흙과 땅,

그리고 땀을 배웠다. 또한 멋진 외모에 풍부한 식견을 풀어내는 거침없는 입담까지 갖춘 그를 선망의 눈으로 바라보았다. 그리고 그처럼 되기를, 그처럼 살기를 결심하기도 했다.

언제였던가. 길거리에서 우연히 만난 백기완 씨에게 "형님, 저 기억하시겠습니까?" 하고 알은체를 했더니, 함박웃음을 지으며 단박에 "그럼" 하고는 내 손을 힘주어 잡았다. 나도 그 시절의 까까머리가 아니지만 백기완 씨도 많이 늙었다. 가슴속에 타오르는 불길 같은 의지야 예나 지금이나 여전하겠지만 그 옛날의 활력은 많이 잃은 듯이 보였다. 덧쌓인 세월의 무게 때문이 아니라 평생을 독재정권과 맞서며 살다가 그로 인해 받은 시달림 탓일 테다. 죽을 때까지 자신의 소신을 바꾸지 않고 굳건하게 지켜 내기란 그만큼 버겁고 어려운 일이라는 징표 같아서 마음이 내내 무거웠다.

연맹 활동은 여름방학이 되면 떠나는 농촌 계몽 활동이 하이라이트였는데, 거의 스무 날 정도 집을 떠나 있어야 하기에 그 준비가 녹록치 않았다.

나는 활동할 마을에 문고를 만들기 위한 책을 모으는 일을 맡았다. 지금이야 어림도 없는 일이겠지만, 교복을 단정하게 입고 출판사를 찾아가서 사장님을 뵙자고 하면 제아무리 큰 출판사라도 거절하지 않고 만나 주었다. 자초지종을 얘기하고 책이 좀 필요하다고 말하면 백이면 백 몇 무더기나 되는 책을 서슴없이 내주었다. 책만 내주는 게 아니고 어린 학생들이 대견한 일을 한다며 대접도 융숭했다. 칭찬 한마디에 기분이 우쭐해져서 그 무거운 책을 옮기는데도 힘든 줄 몰랐다. 강원도 삼척 노곡면의 마을문고는 그때 그렇게 모아 간 책들로 만들어졌다.

낮에는 조밭을 매고 밤이 되면 야학을 열었다. 그때만 해도 농촌에는 문맹인 사람들이 많아서 야학이라고 해봐야 한글 공부가 고작이었지만 배우는 사람의 의욕과 가르치는 사람의 열기로 교실은 늘 후끈했다. 서울의대생들은 의료 봉사를 맡았고, 서라벌예고 학생들은 논둑길 밭둑길을 다니며 한바탕 공연을 펼쳤다. 우리가 계몽 활동을 하는 동안은 온 동네가 축제처럼 북적였다.

식사는 스무 날 내내 납작보리도 아닌 통보리로 지은 밥과 된장에 풋고추가 전부였다. 처음 며칠은 사명감 때문이었던지 아니면 고된 노동 뒤에 먹는 밥이어서 그랬던지 꿀맛도 그런 꿀맛이 없었지만, 좋은 노래도 하루 이틀이라고 열흘을 넘어 스무 날 동안 똑같이 나오는 식사는 어린 우리들을 힘들게 했다. 그래서 읍내에 나갔다 돌아오는 누군가가 찐빵이라도 사올라치면 아귀다툼을 방불케 하는 전쟁이 일어났다. 형도 없고 동생도 없었다. 팔을 길게 뻗어 하나라도 더 움켜쥐는 쪽이 임자였다. 서울에서야 있으면 먹고 없어도 그만이었을 찐빵이 통보리밥에 된장과 풋고추만 대하던 우리에겐 최고로 귀하고 맛있는 먹거리 대접을 받은 것이다.

모든 활동이 끝나고 읍내에 나왔을 때였던 것 같다. 밥상 위에 오른 흰쌀밥을 보고는 마치 약속이나 한 듯이 모두 환호성을 질렀다. 기름이 좔좔 흐르는 고슬고슬한 밥. 통보리를 씹는 맛과는 비교가 되지 않을 정도로 부드럽고 달콤한 맛. 어떻게 먹었는지 기억이 나지 않을 정도로 뚝딱 해치웠고, 순식간에 사라진 밥알이 너무나 아쉬워서 사발을 박박 긁었던 생각도 난다.

나는 지금도 밥이든 음식이든 남기는 법이 없다. 그것은 한 톨이라도 남기면 "쌀 한 톨은 농민의 땀 한 방울이다"며 추상같은 불호령을 내리시던 할아버지 덕도 있지만 그때 통보리로 지은 밥을 물리도록 먹으면서 그리워하던 흰쌀밥에 대한 기억 때문이기도 하다.

계몽 활동 기간에 내가 맡은 역할은 틈틈이 신문을 만들어 돌리는 일이었다. 기자를 꿈꾸던 때도 아니었는데 나중에 그렇

게 되려고 그랬는지 어쨌는지 어찌하다 보니 그 일이 내게 맡겨
졌다. 그날그날의 활동을 취재해서 기사로 쓰고 만들어진 신문
을 배달하는 일이니까 언뜻 보면 간단해 보이지만 취재며 배달
이 결코 만만하지 않았다.

당시 삼척 노곡면에는 일곱 개 마을이 있어서 취재와 배달을
하려면 하루에 대부분의 마을을 다 누벼야 했다. 요즘처럼 버스
가 있는 것도 아니고 도로가 있는 것도 아니어서 산길을 따라
이 마을에서 저 마을로 돌아다니다 보면 하루가 어떻게 지나갔
는지도 모를 정도로 후딱 지나갔다.

하루는 동네 어르신이 주신 감자를 먹으며 재미난 얘기를 듣
다가 밤이 늦어서야 본부로 돌아오게 되었다. 워낙 산골이라 갈
가지(살쾡이 또는 칡범의 현지 사투리) 같은 짐승이 자주 나타난다
고 주신 관솔불을 들고 10리가 넘는 산길을 걸으면서 여기저기
서 들려오는 산짐승 소리에 오싹오싹 놀라기도 했다. 가슴 가득
뿌듯이 차오르는 보람만이 금세라도 쓰러지려는 나를 지탱해
주는 버팀목이었다.

'내가 해야 할 일이 바로 이거구나.'

계몽 활동을 경험하던 즈음의 나는, 정말 할아버지의 말씀
대로 농과대학을 나와서 시골에 들어가 흙투성이 농민들과 살

맞대며 살아야겠다는 생각을 깊이 하곤 했다. 심훈의 소설 『상록수』에 나오는 두 주인공 채영신과 박동혁의 삶을 따라 산다는 건 얼마나 보람 있고 뿌듯할 것인가 떠올리면서……. 지금은 비록 프로스트의 시 제목처럼 '가지 않은 길'이 된 꿈이지만 이런 꿈을 품고 걷던 그 시골길의 흙냄새를 생각하면 가슴이 마냥 따뜻해 온다.

돌아보면 무겁고 억눌린 집안 분위기에서 자랐어도 그나마 각박하지 않고 풍요로운 정서를 가지고 살 수 있었던 것은 내 주변에 자연이 널려 있었기 때문이다. 내가 살았던 원서동과 화동, 그리고 피난을 끝내고 돌아와서 둥지를 틀었던 청운동은 늘 인왕산이나 북악산의 품에 안겨 있었다. 철마다 피는 앵두꽃이며 사과꽃을 따러 사방을 헤집고 다니고, 메뚜기며 잠자리를 쫓아 산을 누비던 어린 날의 환경이 내 정서의 바탕이라면, 꽁보리밥으로 스무 날의 배를 채우며 농민들과 함께 땀을 나누던 그 시절의 추억은 바탕을 수놓은 아름다운 무늬쯤 될 것이다. 역시 자연만한 스승은 없다.

천 년 묵은 홰나무

깊은 산골짜기 높은 봉우리 위에 큰 홰나무가 우뚝 솟아 있었습니다. 어떻게 크던지 멀리서 보면 산같이 보였습니다.

그러므로 홰나무 그늘에 있는 작은 나무며 어린 풀이며 향기로운 들꽃들은 아무리 큰비가 와도 아무리 센 바람이 불어도 가지 하나, 잎 하나 상하는 일이 없었습니다.

그러나 이 홰나무 그늘에 있던 싸리나무는 고운 꽃을 하달하달하며,

"이런 제장, 팔자가 사나워 이곳에 태어나서 저놈의 홰나무 늙은이 때문에 별빛 하나 볼 수가 있어야지!"

이렇게 중얼거리니까 또 들국화는,

"참 정말이오. 홰나무 늙은이가 팔을 쩍 벌리고 있기 때문에 가을 달이 그렇게 좋다 하여도 한 번 구경도 못 하였소."

이렇게 말하였습니다.

"참말 저런 늙은이는 얼른 말라죽지도 않아! 우리들은 좋은 꽃을 피워 맑은 향기를 피워도 저 늙은이는 아무것도 하는 것 없이 우두커니 섰기만 해. 참 갑갑해 죽겠어!"

등롱꽃은 말하였습니다.

“정말이지 왜 살아서 저 지경이야!”

바위틈에 끼인 이끼는 말하였습니다.

큰 홰나무는 싸리, 들국화, 등롱꽃 들이 욕하는 소리를 잠자코 듣고 있었습니다.

그때 마침 동남풍이 불더니 별안간 검은 구름이 온 하늘을 덮었습니다. 무서운 벽력 소리가 났습니다. 콩알 같은 빗방울이 쉴새없이 쏟아졌습니다.

홰나무는 두 팔을 활짝 벌리고 싸리며 들국화를 끌어안는 것같이 하였습니다.

“아이, 무서운 천둥 소린데.”

하며 귀를 막은 채 싸리나무가 하늘을 쳐다보며 말합니다.

“웬 때아닌 소낙비여.”

하고 국화는 겨우 고개를 들고 말하였습니다.

“날은 인제 갰군. 달이 떴네. 늙은 홰나무만 없으면 비 멎은 뒤에 달과 별을 잘 보련마는!”

하고 등롱꽃이 말하였습니다.

홰나무는 깊숙하고 널찍하고 보드라운 가지 사이에 비둘기며 콩새며 산새들에게 집을 주고 또 조용히 새들이 잠자는 것을 지키어 주었습니다. 바람 불고 천둥 쳐도 홰나무는 새들을 잘 가리어 주었습니다.

밤은 샜습니다. 날은 더웠습니다. 해는 쨍쨍히 땅을 쬐었습니다. 풀과 나무들은 더워서 애를 몹시 썼습니다.

홰나무는 가지를 벌려 들국화, 싸리, 등롱꽃 들을 가리어 선선하게 하여 주었습니다.

산 밑에서 나무꾼들이 도끼를 지게꼬리에 꽂고 소리를 하며 올라왔습니다.

"이 홰나무라."

하고 애꾸눈이 영감이 소리를 합니다.

"옳지, 이 나무면은 절구짝이나 내겠네."

하고 수염 털보 영감이 말합니다.

이 무서운 나무꾼들의 말을 듣고 홰나무는 얼마나 놀랐겠습니까.

그 무지한 나무꾼들은 홰나무 밑에서 도끼를 갈기 시작했습니다.

"오늘은 참 무섭게 더운 날일세. 땀이 샘 솟듯 하네."

"그러나 이 홰나무 밑에 앉으면 조금도 더운 줄 모르겠네. 참 시원한데!"

이런 소리들을 하면서 나무꾼들은 도끼를 들어 그 큰 홰나무 밑동을 쾅쾅 찍기 시작하였습니다.

"이 홰나무는 몇 해나 되었을까."

“글쎄, 한 오백 년 되었을까.”

“오백 년, 오백 년만 되었겠나. 한 천 년은 되었으리…….”

꽝꽝 도끼 소리는 깊은 산골짝까지 울렸습니다.

“아참 더워, 벌써 점심때가 되었지. 한숨 쉬고들 또 하지.”

하고 애꾸 나무꾼이 말하였습니다.

여러 나무꾼들은 홰나무 밑 시원한 그늘에서 점심을 먹고 그리고 풀 위에 누워서 코를 골았습니다.

허리를 반이나 끊긴 홰나무는 풀 위에 누운 나무꾼들을 보았습니다. 도끼를 머리맡에 놓고 누운 애꾸눈이 나무꾼의 머리에는 뜨거운 햇살이 내려쪼였습니다. 홰나무는 애꾸눈이 나무꾼을 불쌍히 생각하고 그 해를 가려 주려 하였으나 홰나무는 이미 허리를 반이나 끊기어서 온몸이 아파서 팔을 쳐들 수가 없었습니다. 그래도 인정이 많은 홰나무는 억지로 팔을 벌려 코 고는 애꾸의 얼굴을 가려 주었습니다.

“아, 너무 잤다. 자들 일어나게, 어!”

하고 애꾸는 풀 위에 자는 동무들을 흔들어 깨웠습니다.

나무꾼들은 또 도끼질을 하였습니다.

“애, 돌이하고 부성일랑 나무에 올라라.”

하며 애꾸눈이 허리에 찼던 바를 두 젊은 사람에게 주었습니다. 이 두 사람은 나무 위에 올라 나무 허리를 잡아매었습니다.

“모두 위로들 올라가서 이 줄을 잡아들 당기게.”

하고 애꾸눈이가 말하니 모두 줄을 잡고 저쪽으로 올라갔습니다.

애꾸눈이와 얼굴에 수염투성인 나무꾼이 도끼를 들어 힘껏 홰나무 밑을 찍으니 홰나무는 무서운 소리 슬픈 울음을 내며 풀 위에 꺼꾸러졌습니다.

제 집에 새끼를 품고 있던 산비둘기 한 쌍이 놀라서 새빨갛게 물들인 저녁 하늘로 달아났습니다. 한참 동안을 흔들거리던 홰나무 가지들도 얼마를 지나니까 잠잠히 죽었습니다.

"아, 참 정신이 산듯하여! 오늘 밤부터는 맘대로 별빛을 볼 수가 있겠구나."

하고 등롱꽃은 말하였습니다.

"인제 나도 보고 싶던 달을 맘껏 볼 수가 있네."

들국화가 말하였습니다.

"인제야 답답하던 가슴이 시원한데."

이 말은 싸리나무의 말이었습니다.

나무꾼들은 홰나무 가지들을 다 치고는 아래로 굴렸습니다. 홰나무는 떽떼굴 굴러 산 밑으로 내려갔습니다.

"에헤헤, 아하하."

싸리, 들국화, 등롱꽃 들은 손뼉을 치며 웃었습니다.

"천 년 묵은 할아범 이제야 죽었구나, 아하하."

그러나 홰나무가 골짜기로 내려가기 전에 가지 끝에서 작은 씨를 풀 위에 뿌리고 간 것은 아무도 몰랐습니다.

홰나무를 벤 뒤로는 산이 갑자기 넓어진 것 같았습니다. 총총히 박힌

별들이 반짝반짝 보입니다. 달빛이 풀 위에 환하게 비쳤습니다.

"자, 인제부터 우리네 세상이다."

하고 등롱꽃, 싸리꽃, 들국화, 바위옷 들은 풀 위에 모여 앉아서 달을 보며 별을 노래하며 이슬로 빚은 술을 마시며 춤을 추기 시작하였습니다. 너무 술 먹고 춤추다가 지쳐서 모두 풀 위에 쓰러져 잠을 잤습니다.

달은 흐려집니다. 바람이 세차게 불어옵니다.

이 바람에 들국화와 싸리꽃 들은 잠을 깼습니다. 잠을 깼을 그때는 벼락이 풀 위에 떨어지고 무서운 천둥 소리가 났습니다.

들국화, 등롱꽃, 싸리꽃 들은 깜짝 놀라 홰나무 그늘로 들어가 숨으려 하였습니다. 그러나 그곳에는 홰나무는 없었습니다.

날이 샌 때 국화, 싸리꽃, 등롱꽃 들은 어젯밤 밤바람과 모진 비에 잎사귀는 떨어지고 허리는 짓이겨지고 꽃은 거의 다 떨어져서 숨만 겨우 붙었습니다.

그러나 작은 홰나무 싹은 풀 속에 너더댓 치 솟아 나왔습니다.

내 어린 날 엄하기가 서릿발 같았던 할아버지와 애증이 엇갈렸던 할머니.

1 피난 시절 양산 통도사 앞에서.
2 청운동 집에서. 앞니 빠진 금강새가 되어 있다.

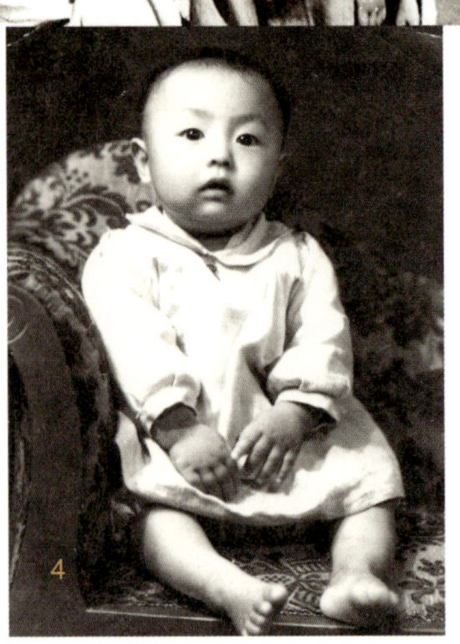

1 눈빛이 범상치 않았던 이 소년은 어릴 적 온갖 말썽을 마다하지 않았던 사촌동생 조성구다. 어느 날 뒷산에 여러 명이 놀러갔다가 내가 건드린 벌집 때문에 벌에게 쏘여 얼굴이 엉망이 된 적도 있다. 성구는 지금 뉴저지에서 성공한 재미사업가가 되었다.

2 까까머리 중학생이었던 나, 셋째 문규, 그때도 의젓하던 바로 아래 동생 병규, 꼬마 여동생 유경.

3 눈 내린 겨울 어느 날, 새초롬한 막내동생 선규를 데리고 용문산 등산을 나섰다. 이 어렸던 동생이 지금 LA에서 사업을 하고 있다.

4 돌 사진.

유독(?) 나를 아끼고 사랑해 주시던 청운초등학교 3학년 담임 전영애 선생님과 악동들. 전영애 선생님은 참 미인이셨다. 뒷줄 맨 왼쪽부터 홍성철, 성민용, 유호남, 나, 변재혁. 아래 왼쪽부터 김경희, 원명애, 나중에 유명한 바이얼리스트가 된 민초혜, 두 명 건너 김준자, 김창순. 왜 이렇게 이 아이들 이름이 생생하게 되살아나는 걸까.

1 어린 시절에 내게 가장 큰 영향을 주었던 맹정렬 아저씨와 양평 어느 산길에 앉아서. 그분은 인생에서 힘들고 어려운 고비마다 내게 사표와 같았다.

2 마치 전장터로 나서는 궁사의 표정과 자세로 동네 뒷산에서 친구들과 함께 활을 당기며.

1 운동 하면 나 맹형규 아니던가. 중학교 때 이미 평행봉 위에서 이 정도였다.

2 내 슛 폼을 보시라! 경복고등학교가 핸드볼로 전국을 떠들썩하게 하던 때, 난 호시탐탐 핸드볼부 앞을 서성댔지만 할아버지의 추상 같은 모습을 떠올리며 번번이 발길을 돌려야 했다.

1 영화 〈이유 없는 반항〉의 주인공 제임스 딘 같은 반항기 넘치는 폼으로 당시 수시로 넘나들던 경기상고(할아버지가 몸담고 계시던 학교) 관사 담벽에 기대어.

2 경복고등학교 1학년 때, 백기완 형이 이끌던 '국민생활정화연맹' 회원으로 심훈의 『상록수』 주인공들처럼 '브나르도' 운동(러시아 지식인들의 문맹퇴치와 농촌계몽 운동)의 열정을 가슴에 품고 삼척 노곡면 산골로 농촌 계몽 활동을 갔다. 강원도 삼척의 죽서루에서 비장한 심정으로.

3 고등학교 졸업식 때 어머니 아버지와 함께. 졸업과 더불어 그 뜨겁게 불타던 반항기도 서서히 막을 내렸다.

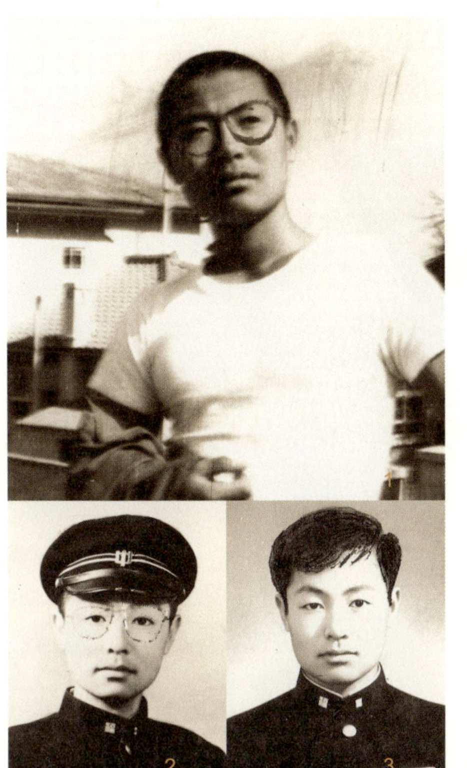

1, 2, 3 한때 경복고 역도반에서 운동을 하여 가슴 근육을 뽐내던 사진. 눈이 갑자기 나빠져 고민을 하던 때라 내가 안경을 쓰면 어떤 모습일까, 그리고 대학 진학을 앞두고 머리를 기르고 가르마를 하면 어떻게 될까 만년필로 미리 그려 보았다.

4 그러다가 대학 입학 시험에 떨어져 재수하던 시절. 뿔 파이프를 어디서 구해다가 동네 뒷산에서.

고등학교 시절부터 산을 좋아했던 나는 북한산과 도봉산 등 서울 근교의 산봉우리를 누비고 다녔다. 대학에 들어가서도 암벽 등반을 즐겼다. 도봉산 어드메.

내 젊은 날의 초상

제 학교 제쳐두고 남의 여학교에 출석부를 찍을 지경이었으니
처음부터 좋은 학점은 기대도 하지 않았다.
기본 출석조차도 채우지 못해서 받은 F학점이 수두룩했다.
1학년이 끝나고 받은 평점이 1.56이었으니
유급 평점인 1.50에 겨우 0.6점을 넘긴 것이다.
연애의 대가치고는 너무나 혹독했다.

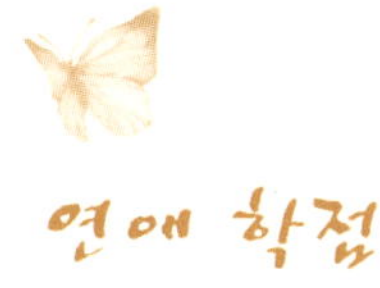

연애 학점

서울대 물리학과를 치렀다가 미역국을 마신 나는 이듬해 연세대 정외과에 합격을 해서 대학 생활을 시작했다. 재수를 하던 시절에도 친구들이 다니는 대학 캠퍼스에서 하루 종일 노니작거리기도 하고 친구의 리포트도 대신 써주기도 하면서 대학 맛을 조금은 경험했기에 비록 신입생이었지만 그리 설레거나 대학생이 되었다는 실감은 나지 않았다.

무덤덤한 하루하루가 지나갔다. 아마 캠퍼스를 거니는 내게 눈곱만큼이라도 들뜬 기분이 들었다면 그것은 긴 백양로에 도열하듯 늘어선 나무들이 틔워 내는 연초록 이파리 때문이거나 훈기를 품은 채 코끝을 간질이는 봄바람 때문이었을 거다.

"며칠 뒤에 서울여대 학생들과 미팅이 있는데 나가지 않을래?"

무덤덤하다 못해 무료하기까지 한 내게 과대표가 건넨 미팅 제안은 귀가 번쩍 뜨이는 일이었다. 친구들에게 귀가 따갑도록 듣던 미팅 무용담을 내가 실제로 경험하게 된다는 사실에 그제야 비로소 대학생이 되었다는 실감이 들었다.

"제일 예쁜 파트너로 정해 준다고 약속하지 않으면 안 가."

"맨입으로?"

"커피 한잔 사면 돼? 아니면 밥 한번 살까?"

첫 미팅이어서 그랬을지도 모른다. 혹시나 하고 나갔다가 역시나 하고 돌아온다는 말이 있을 정도로 별 기대 없이 나가야 한다는 게 미팅의 철칙이었는데, 나는 그 말을 별로 믿고 싶지 않았다. 왠지 기분 좋은 만남이 될 수 있을 거라는 예감도 들었다. 과대표에게는 '예쁜 파트너'를 조건으로 약속대로 밥도 샀다.

카키색 군복 바지에 하얀 셔츠를 입고 소매는 둥둥 걷어붙였다. 목에는 손수건을 두르고 딴에는 있는 멋 없는 멋을 부린다고 부린 터였다.

동구릉으로 가는 버스에 올라탔다. 우리와 상대가 될 여학교의 학생들도 함께였다. 그 중에서도 짧은 머리를 하고 회색 원

피스에 굵은 목걸이를 하고 있던 여학생이 내 눈에 들어왔다. 눈도 시원스레 커서 무척 예뻤다. 마음에 쏙 들었다. 아마도 첫눈에 반한다는 건 이런 경우를 두고 하는 말일 것이다. 순간 과대표의 옆구리를 쿡 찌르고는 눈짓으로 그 여학생을 힐끗거리는 것으로 신호를 보냈다.

'찾았어, 내 파트너. 바로 저 여학생이야.'

과대표는 그저 빙그레 웃기만 할 뿐 가타부타 말이 없어 속이 탔다.

꽃 이름이 적힌 쪽지로 파트너를 정하기로 했다. 같은 꽃 이름이 나오는 사람끼리 파트너가 되는 거였다. 내가 뽑은 쪽지에는 아네모네가 적혀 있었다.

"저, 아네모네 뽑은 분이 누구시죠?"

"전데요."

수줍은 듯이 고개를 반쯤 숙이고 가볍게 손을 들어 올리는 그녀는 바로 버스 안에서 점찍어 두었던 바로 그 주인공이었다. 예쁜 파트너로 짝 지워 달라며 밥까지 산 것이 주효했는지 아니면 인연이 닿으려고 그렇게 되었는지는 모르지만 일단 예쁜 파트너를 얻는 데는 성공했다. 그리고 단 하루의 만남으로 그녀가 예쁘기만 한 게 아니라 겸손하고 예의도 바르다는 것을 알 수 있었다. 시쳇말로 딱 내 스타일이었던 것이다.

정작 우리 학교에는 얼굴 도장만 찍고 그녀가 다니는 학교로 아예 출근하다시피 하는 날들이 많아졌다. 신촌에서는 직접 가는 버스도 없어서 일단 동대문까지 가서 청량리행 버스로 갈아타고, 거기서 열댓 명 남짓이나 탈 만한 마이크로버스를 이용해야 겨우 태릉에 닿을 수 있었다. 말이 마이크로버스지 요즘의 봉고차만이나 했을까? 똑바로 서지도 못하고 고개를 모로 꺾은 채 한 시간을 견뎌야 하는 것은 참으로 곤욕이었다. 그나마 4년 동안 기숙사 생활을 하도록 교칙으로 정해 놓은 학교여서 언제든지 찾아가면 만날 수 있다는 게 다행이라면 다행이었다.

"얘, 저 사람 또 왔다."

그렇게 몇 날 며칠을 찾아다녔더니 이제는 모르는 사람이 없을 정도가 되었다. 수군대기도 하고 킥킥대기도 하는 여학생들의 시선을 피해 고개를 푹 숙인 채 교문 앞에 서 있노라면 누군가 뽀르르 달려가서 전달을 했는지 10분도 채 지나지 않아 그녀가 달려 나왔다. 내가 싫지는 않았던 모양이다. 우리는 한적한 가로수 길을 걷기도 하고 태릉의 잔디밭에서 나른한 오후를 함께 맞았다. 여유 있는 시간에는 버스를 타고 뚝섬까지 나들이를 하곤 했다. 만남이 거듭될수록 서로는 서로에게 푹 빠져들었다.

제 학교 제쳐두고 남의 여학교에 출석부를 찍을 지경이었으니 처음부터 좋은 학점은 기대도 하지 않았다. 기본 출석조차도 채우지 못해서 받은 F학점이 수두룩했다. 1학년이 끝나고 받은 평점이 1.56이었으니 유급 평점인 1.50에 겨우 0.6점을 넘긴 것이다. 연애의 대가치고는 너무나 혹독했다.

첫 미팅이자 유일한 미팅에서 만나 첫눈에 끌렸고, 그래서 나를 신촌에서부터 태릉까지 출퇴근시킨 여학생이 바로 지금의 아내다. 아내와 나는 그렇게 만났다. 그리고 내가 군대를 마치고 복학을 한 후 4학년이 되던 해에 약혼을 했다. 이미 사회인이 되어 있던 그녀가 행여 줄행랑이라도 놓을까 봐 가슴을 졸였던 탓이다.

그 사이 두 딸아이를 낳고 그 아이들이 다 자라 큰아이는 출가를 하고 작은아이마저도 부모 품을 떠나려고 꿈틀대는 요즘도 우리는 가끔씩 둘만의 데이트를 즐긴다. 너무 바빠서 느긋한 여유를 만끽할 수는 없지만 둘만의 오붓함을 즐기기에는 부족함이 없다. 우리의 연애는 아직도 진행 중이다.

그런데 아내는 알까? 내 인생에서 가장 잘한 일이 있다면 그것은 바로 아내, 채승원을 만났다는 사실이라는 걸.

신출 백구두

대학 1학년 학점이 말해 주듯이

나는 사실 학교 다니는 것을 썩 좋아하지 않았다. 대학에서 배우는 공부란 것도 별 재미가 없었고, 공부할 분위기도 못 되었다. 한일협정을 맺으려는 움직임이 보이자 굴욕 외교라며 한바탕 요란한 데모를 치렀던 캠퍼스는 1965년 정식으로 협정을 조인하면서 더욱 시끄러워졌다. 대학 문을 열고 닫는 일이 반복되었다. 아마 당시의 대학생이라면 사회 문제에 관심을 갖지 않을 수 없을 것이다.

학교에서 데모가 벌어질라치면 우리 정외과, 그것도 1학년들은 맨 앞줄에 서야 했다. 누군가 나를 통제하고 억압하면 그게 아무리 지엄한 할아버지라도 달려들던 나로서는 참기 힘들게 괴로웠다. 그러나 의식적이지는 않았지만 친구들과 함께 하는 자리에는 빠지지 않고 참여했다.

한번은 데모 대열에 끼었다가 사진을 찍혔다. 긴장감이나 비장함이라고는 전혀 없이 실실 웃고 있는 모습인데, 그 사진이 경향신문 1면에 커다랗게 실리는 바람에 새벽 댓바람부터 시골에서 걸려온 전화를 통해 아버지의 노기 띤 음성을 들어야 했다. 장손이 그런 일에 나서면 집안이 쑥대밭이 된다면서도, 하려면 제대로나 하지 장난치는 것도 아니고 뭐 하는 짓이냐는 호통이었다. 그러나 그 뒤로도 연일 이어지는 데모에는 빠지지 않고 참석했다.

지금이야 신촌 거리가 호화찬란한 유흥가로 변했지만 당시만 해도 간판 제대로 걸고 번듯하게 장사를 하는 집들이 드물었다. 우리가 주로 찾는 술집은 시장 골목에 있었다. 간판도 없고 탁자 몇 개만 놓고 막걸리에 두부나 김치 쪼가리 정도를 안주로 내주던 집이었다. 할머니 혼자서 반찬값이나 할 요량으로 운영하는 집이니 그 옹색함이 말할 수 없지만 얄팍한 주머니로 양껏 마실 수 있는 곳으로 거기만한 곳도 없었다. 아니 그마저도 없으면 학생증이나 시계를 풀어 맡기기도 하고 여차 하면 외상도 할 수 있었으니 가난한 학생들이 모여 시대의 아픔을 개탄하며 개똥철학을 곁들인 나름의 호연지기를 설파하기에는 안성맞춤인 장소였다.

돈이 필요한 학생들은 과외를 하면 되었다. 내 주변에도 과외를 해서 용돈을 벌어 쓰거나 학비를 충당하는 친구들이 제법 되었다. 하지만 호주머니를 탈탈 털어도 언제나 동전 몇 닢이 고작일 뿐 먼지만 폴폴 날리며 살았어도 과외를 해서 돈을 벌어야겠다는 생각을 해본 적이 한 번도 없다. 친구들과 막걸리 잔을 기울이며 서로의 배포를 자랑하는 시간을 더 좋아했고, 금쪽같은 데이트 시간을 줄이고 싶지 않았기 때문이다.

아주 어렸을 적부터 할아버지 손님들의 술심부름을 하며 배운 실력이라 내 주량은 제법 셌다. 아무리 마셔도 좀처럼 취하는 법이 없었다. 어찌나 마셔 댔던지 목을 자른 군화를 신고 다녔는데 마시다가 흘린 막걸리로 까맣던 군화가 허옇게 변할 지경이었다. 이런 모양 때문이었던지 친구들은 나를 '신촌 백구두'라고 부르기도 했다. 아름다운 날들이었다.

지금도 만나는 대학 시절의 모임 중에는 여정클럽이 포함되어 있다. 여정클럽은 입학 성적이 5등 안에 들고 장래성이 엿보이는 학생들을 선배들이 뽑아서 만든 클럽인데 벌써 50여 년이다 된 유서 깊은 모임이다. 수업은 빼먹기 일쑤여서 강의실보다 막걸리 집에 더 자주 출몰하는 나였지만 선배들의 눈에 들었는지 이 클럽의 멤버가 되었다. 딱히 하는 일도 없이 일주일에 한 번씩 종로에 있던 다방 '여정'에 모여서 이런저런 얘기도 나누고 가끔씩은 취직한 선배를 벗겨 먹기도 하는 모임이었다. 가고 싶지 않으면 안 가도 되고, 안 가도 나오라는 소리를 하지 않는 게 이 모임의 특징인데 바로 이런 성향이 내 성격과 꼭 맞아떨어져서 데이트와 술 다음으로 몰두할 수 있었다. 대학 생활에 별 흥미를 느끼지 못하던 내가 그나마 마음을 붙이며 시간을 보낼 수 있었던 것은 바로 이 셋의 힘이다.

"어이, 맹형규. 다음 번 학생회장에 나갈 준비를 해라."

2학년 가을쯤 되었을까. 여전히 수업을 빼먹고 여학교 앞에서 죽치거나 그도 아니면 시장 골목 막걸리 집에서 친구들과 술잔을 기울이며 생활하던 내게 선배 몇몇이 뜻밖의 지시를 해왔다. 아마 입학 성적도 좋고 몰려다니는 친구도 많고 하니 그만하면 학생회장감으로 나쁘지 않다고 선배들이 판단을 했던 모양이다.

하지만 선배들이 모르는 것이 있었으니 그것은 바닥을 기는 내 학점이었다. 학생회장이 되려면 평균 B학점을 넘어야 한다

는 교칙이 있었는데 그때까지 내 학점으로는 턱도 없이 모자랐
다. 한 번 남아 있는 기말고사를 아무리 잘 치른다고 해도 B학
점이 될 둥 말 둥이었다.

갈등 끝에 선택한 것이 군대였다. 선배들에게는 차마 낯이
서지 않는 일이었지만 나는 2학년을 마치자마자 입대를 자원하
고 그 길로 군대에 갔다. 이로써 내 대학 시절의 전반부는 막을
내렸다.

나는야 맹켄바우어

내 앨범 속의 빛바랜 사진 중에는

1978년쯤 되던 해 기자협회 주최 축구대회에서 우승을 하고 동료들과 함께 찍은 사진이 한 장 있다. 볼 다루는 솜씨가 아니라 순전히 포지션이 같다고 해서 독일의 유명한 축구선수요 감독인 베켄바우어의 이름을 따서 동료들이 '맹켄바우어'라는 별명을 붙여 주었던 바로 그 대회다. 사진 속에는 문화관광부 장관 정동채 씨도 보이고 주일공사를 지낸 김기성 씨의 모습도 있다. 최근까지 춘천컨트리클럽 사장이었던 경창호 씨, 소비자보호원장을 지낸 박동진 씨, 아직도 연합통신에 남아 논설위원을 하는 박영규 씨, 지금은 작고한 조재필 씨. 모두가 반갑고 그리운 얼굴이다.

　기자라는 직업이 각자 근무지도 다르고 일과 시간과 퇴근 시간이라는 게 따로 없어서 한자리에 모여 함께 운동을 한다는 건 상상하기도 힘들다. 그럼에도 불구하고 우리는 이 대회를 위해서 자투리 시간을 쪼개어 모이고 회사 근처의 학교 운동장을 빌려 한 달이나 연습을 했다. 실업팀 출신 선수들에게 입에서 단내가 나도록 훈련을 받았는가 하면, 대회 당일이 아닌 연습 때인데도 간부들이 몰려나와 격려도 하고 회식을 시켜 줄 정도로 관심과 열기가 뜨거웠다. 축구에 대한 애정이 없다면 감히 엄두도 내지 못하는 시도였으리라.

　기자협회가 주최하는 축구대회는 동업자들끼리의 축구 시합이라서 취재 경쟁만큼이나 치열했다. 필드에서야 특종과 낙종이 얼마나 빨리 정보를 얻어 기사를 싣느냐로 판가름나겠지만 운동장에서의 논리는 아주 단순했다. 이기면 특종이요 지면 낙종이었다. 상대팀을 하나 둘씩 꺾고 마침내 우승 트로피를 거머쥐었을 때의 기쁨이란 말로 표현하기 힘들 정도다. 더욱이 경쟁사와의 전쟁에서 이긴 것이 아닌가.

　어렸을 적부터 나는 운동을 좋아했다. 할아버지가 가르쳐 주신 바둑이 지금도 제자리걸음 수준인 14급이니 말해 뭣할까마는 앉아서 하는 것은 공부나 그림 그리는 일을 제외하고는 도통 관심이 없었다. 운동장을 누비며 운동을 하지 못하면 하다못해 뒷산인 인왕산이나 북악산을 헤집고 돌아다니기라도 해야 직성이 풀렸다.

앞에서도 얘기한 적이 있지만 집안에서는 그런 나를 못마땅해했다. 집안에서 어른들과 부딪히는 일의 대부분은 운동 때문이었다. 그렇다고 몸 움직이는 것을 좋아하고 흠뻑 땀 쏟은 뒤의 기분을 아는 나를 가둬 둘 수는 없었다.

바깥출입을 못하게 하면 담을 뛰어넘어서라도 나가야 했다. 기계체조를 배워 둔 덕분이었다. 정식으로 선수 생활을 하고 싶을 정도로 재미를 붙인 핸드볼이었지만 끝내 허락을 얻지 못하고 포기했다.

권투나 유도를 하게 된 계기는 좀 엉뚱하다.

우리 어릴 때에는 선거철에 유세를 보러 다니는 재미도 꽤 쏠쏠했다. 기발한 구호들로 사람들에게 재미를 안겨 주려는 후보도 있었고, 갖은 치장을 한 조랑말을 끌고 다니며 눈길을 끌려는 후보도 있었다. 거의 축제와도 같은 분위기여서 아이 어른할 것 없이 유세가 열리는 곳이면 어디든지 사람들로 북적였다. 나 역시 줄곧 유세장을 따라다녔는데, 정치인이 되려는 뜻이 있었던 건 아니고 순전히 김두한 씨의 무협지보다 더 재미있는 이야기를 듣기 위해서였다. 김두한 씨의 레퍼토리는 한결같았다.

"……단성사 앞에서 구마적이랑 딱 붙은 거야. 주먹을 딱 움켜쥐고 노려보고 있는데 한쪽 발이 탁 하고 올라오더라고. 그 순간 나오는 발의 무릎을 팍 딛고 양쪽 어깨에 훌쩍 올라탔어. 그리고 발로 뺨을 한 대 후려갈겼지……."

사람들은 구마적이 쓰러지는 대목에 이르면 박수를 쳤다. 그게 김두한식 유세였다. 종로 거리를 주먹 하나로 휘어잡던 시절의 무용담은 너무도 실감나서 마치 한 편의 무협영화를 보는 듯한 착각이 들기도 했다. 하도 따라다녀서 이미 그 내용을 몽땅 머릿속에 꿸 지경이 되었지만 조금도 지겹지 않았다.

그 후 고등학교에 진학하면서 권투도장에 등록하기도 하고 당시 시청 앞에 있던 중앙도장에서 유도를 배우기도 했다. 운동을 하러 다닌다는 소리가 어른들의 귀에 들어가면 불호령이 떨어질 게 뻔해서 친구 집에 도복을 맡기고 학교를 마치면 곧바로 운동을 하러 갔다가 끝나면 아무 일 없었다는 듯이 돌아오는 식이었다. 그 덕분인지 나는 아직껏 누구에게도 맞고 다니지는 않은 것 같다. 어찌 보면 순전히 김두한 씨 덕분이다.

운동은 누구와 견주어도 빠지지 않는다고 자부하는 내가 영

젬병인 재주가 있는데 고스톱이나 당구 같은 잡기가 그렇다. 기자 시절 출입처 기자들끼리는 일이 없으면 둘러앉아 고스톱을 간혹 쳤는데 즐기지도 않을뿐더러 그저 그림 정도나 맞추는 수준으로 상대를 해주어야 하니 여간 난감한 게 아니다. 친구들의 집들이나 상가에서도 마찬가지다. 판이 벌어지고 어쩔 수 없이 끼어야 하는 상황이라면 나는 일단 마음부터 비운다. 상대방을 이겨 먹겠다는 생각은 아예 꿈도 꾸지 않고 그저 관계나 이상해지지 않을 정도로 적당히 상대만 해주다가 얼추 잃을 만큼 잃었다 싶을 때가 되면 눈치껏 뒷자리로 물러나 앉는 것으로 임무를 끝낸다. 이렇게 한 자리의 동료들에게 부담도 주지 않으면서 적당히 빠질 줄 아는 것이 그나마 재주라면 재주에 속할까.

운동광인 내가 요즘 재미를 붙인 종목은 배드민턴이다. 이제는 몸을 부딪치며 하는 격한 운동은 아무래도 피하게 되고, 아내와 함께 할 수 있는 좋은 운동이 뭐 없을까 하고 고민하다가 배드민턴 동호회에 가입해서 활동하게 된 것이다. 가볍게 할 수 있으면서 보기보다 운동량이 꽤 되어서 잘 택했구나 하는 생각이 새록새록 든다.

지난해 배드민턴 동호회 사람들이 갑자기 족구를 하자고 들었다. 맹켄바우어라고 불리던 내 실력을 보여 줄 수 있겠구나 싶어서 냉큼 승낙을 해버렸다. 당연히 주전 공격수 자리를 맡았다. 시작하기 전에 우리 편 선수들을 모아서 내가 맹켄바우어로 활약하던 때의 얘기도 자랑스럽게 늘어놓아 가며 작전도 짜고 코치 노릇도 했다.

그런데 이게 웬걸. 정작 시합에 들어가서는 연속 헛발질을 해대서 맹켄바우어는커녕 맹구 노릇만 톡톡히 했다. 그날 이후에도 조기 축구회 모임에 나갈 때면 젊은 시절 맹켄바우어의 명성을 보여 주고 싶은 의욕이 불끈불끈 솟아오른다.

두 번의 눈물

총기 사고로 목숨을 잃은 장병들의 시신이 안치된 국군수도병원을 다녀왔다. 금쪽같은 아들을 잃고 오열하는 어머니와 실신한 듯 초점 없는 눈동자로 먼 하늘만 응시하고 있는 아버지의 모습을 보며 내 마음도 함께 무너졌다. 적과 싸우다가 전사한 것도 아니요 아무 일도 모른 채 잠을 자다가 던져진 수류탄과 난사하는 총탄에 맞아 생명을 잃었으니 어느 부모가 기막히지 않을 수 있을까. 빈소에 나란히 놓인 사진 속 여덟 젊은이들과 눈길을 마주칠 수 없을 만큼 부끄러웠다.

또래의 젊은이들이 상급자와 하급자로 뒤엉켜 사는 곳이 군대니 이런저런 갈등이 아주 없지는 않을 것이다. 상급자의 명령에 복종해야 하는 군대로서 가끔씩은 곤혹스런 명령이나 부당한 처우에 불만이 생길 수도 있다. 그러나 이건 아니다.

아무리 오래전이라지만 내가 군대 생활을 할 때에도 구타와 기합은 일상사여서 엉덩이에 몽둥이를 매달고 살았다. 점호가 끝나고 잠자리에 든 후에도 은근히 불러일으켜 교육을 시킨다며 기합을 주고 구타를 했다. 조금 과장하면 맞지 않고는 잠을 제대로 이룰 수 없을 지경이었다. 인격모독도 심했다. 그래서 가끔씩 용기 있는 동료들이 선임병의 부당한 처사에 항의하는 모습을 본 적은 있어도, 이렇게까지 자신과 동료를 철저히 파괴하는 행위는 하지 않았다.

논산에서 훈련받을 때의 일이다. 식사가 끝나고 식판을 닦으라는데 물조차 주지 않았다. 휴지가 있을 리도 만무하니 혀로 닦을 수밖에 없었는데 식판을 본 소대장이 밥풀 하나가 남았다며 내무반 한가운데 세워 놓고 이를 악물라고 하더니 주먹으로 치기 시작했다. 50대를 큰 소리로 세어 가며 맞았다. 엄살을 피우며 볼을 감싸면서 나뒹굴었다면 중간에 그쳤을지도 모른다.

그러나 입 안이 터져 피가 튀어 오르는데도 자존심 때문에 꼿꼿하게 서서 끝까지 버텼다. 맞을수록 이빨을 더 앙다물고 눈도 더 크게 뜨고 얼굴도 더 바짝 들이밀었다. 때릴 테면 때려 보라는 투였다.

맞는 이유가 하도 어이없고 억울해서 솔직히 '이놈을 확 밟아 버릴까' 하는 생각이 들기도 했지만 곧바로 아버지와 어머니, 그리고 두고 온 애인과 내 미래가 머리 속에 빤히 그려지니 참는 것 말고는 할 수 있는 일이 없었다. 쉰 대를 때리고는 지쳤는지 "지독한 놈"이라며 가서 피나 씻으란다. 오기로 끝까지 꼿꼿하게 버틴 나도 지독한 놈이지만 배식판에 붙은 밥풀 하나로 그만큼을 때린 놈도 지독하기는 마찬가지 아닌가?

수십 년 전 군대와 지금 군대를 비교하는 것이 무리라는 것은 잘 안다. 요즘 군대는 구타와 기합이 눈에 띄게 줄었거나 아예 없어진 곳도 있다고 들었다. 아무리 남북 관계에 주적 개념이 없어지고 그래서 장병들의 사기가 느슨해졌다고 해도 이건 아니다. 감성적이고 충동적이어서 인내심 적은 게 요즘 신세대의 성향 때문이라고 이해하려 해도 내 이성은 받아들여지지 않는다.

분명한 것은 이번 사고가 관련된 사람 몇몇의 문제가 아니라는 점이다. 대한민국 군대의 문제다. 나라를 지키는 병역이 아무리 국민의 의무라지만 이런 군대에 마음놓고 자식을 보낼 부모가 얼마나 될까. 정부의 신뢰도 무너졌고 국가의 신뢰도 무너졌다. 그 나라에서 국회의원 노릇을 하는 내 신뢰도 더불어 무너졌다. 조각난 신뢰가 너무도 무참해서 집으로 돌아오는 차 안에서 내내 고개만 숙이고 있었다.

나는 군대에서 두 번 눈물을 흘렸다. 식판에 남은 밥풀 하나 때문에 무참히도 얻어터지던 날 억울해서 운 것이 첫 번째요, 순전히 분단의 희생양으로 제 목숨을 끊은 한 젊은이의 주검 앞에서 운 것이 두 번째다.

내가 제대 말년에 근무를 한 곳은 지금은 없어진 부대였는데 귀순자나 체포한 간첩을 통해 북한의 각종 군사 자료를 얻어내는 곳이었다. 이미 보안사와 정보부의 각종 조사를 거친 후에야 그곳에 오게 된 간첩들이라서 조사도 아닌 면담 정도만으로도 각종 보고 자료를 얻을 수 있었다. 나는 이곳에서 수용된 그들을 돌보는 일종의 간수 역할을 했는데 어쩌다가 그들과 한방에 마주 앉을 때면 은근히 겁도 나곤 했다.

김신조 사건이 난 이듬해, 이른바 울진·삼척 무장공비 침투 사건이 일어났는데 그때 생포되었던 간첩들 몇이 우리 부대로 오게 되었다. 그 중에 함경도 북청 출신의 스물예닐곱 먹은 젊은 친구가 있었는데, 그는 우리 부대로 옮겨 오기 전에 이미 전

향을 했다. 그의 말을 빌리자면 북한에서 교육을 받을 때는 남조선에는 다 굶어죽어 가는 사람들뿐이고 서울은 쓰레기장과 같다는 것이었다. 그런데 막상 서울에 와서 백화점도 구경하고 시내도 돌아다니다 보니 김일성의 말이 몽땅 거짓말이라는 것을 알았다고 했다. 내가 근무를 서는 날이면 빵 한 조각이라도 들고 그가 수용된 방에 들어가서 이런저런 얘기를 나누던 사이여서 나중에는 정이 듬뿍 들었다.

그런 그가 어느 날 자살을 했다. 청소를 할 때 쓰는 걸레에서 빠지는 실을 한 올 두 올 모아 두었다가 그것으로 끈을 꼬아서 목을 매단 것이다. 지급되는 치약을 소설 『삼국지』의 검정색 표지에 곱게 펴 바르고는 그곳에 뾰족한 것으로 글씨를 써서 유서도 남겼다. "부모님 불효한 것을 용서하옵소서. 누이야 이 오빠는 먼저 간다"로 시작되는 유서는 "김일성 일당에게 저주 있기를! 대한민국 만세!"로 끝을 맺었다.

충격적이었다. 아무도 괴롭힌 사람이 없었으니 아마도 미래에 대한 자신감이 없어서 그랬을지 모른다고 추측할 뿐이었다.

도대체 이념이 무엇이고 얼마나 중요하기에 이토록 꽃다운 젊은 목숨들이 그 틈바구니에서 희생돼야 하는지 안타까움이 앞섰다. 도대체 누구를 위해서 사랑하는 가족과 떨어져 살아야 하고 급기야는 피붙이 하나 없는 낯선 땅에서 목숨까지 끊어야 하는가. 눈물이 주르르 흘렀다.

시신을 묻어 줘야 하는데 나 말고는 아무도 나서는 사람이 없었다. 이건 왠지 내가 해야 될 일이라는 생각이 들었다. 좋은 일을 하면 너한테뿐 아니라 자손들에게도 덕을 쌓는 일이라며 내무반 후배 한 명을 설득해 함께 하기로 하고 그날 저녁 조문 하나를 지었다.

장교 한 사람과 부대에서 일을 하던 민간인 문관, 그리고 나와 후배가 장례를 치렀다. 풍수는 모르지만 북한강이 내려다보이는 양지 바른 쪽에 터를 잡고 초겨울의 언 땅을 곡괭이로 파서 묻어 주었다. 술이랑 북어도 챙겨 가서 제수를 차리고 조문을 읽었다.

"자네 잘 가게. 편히 쉬게나. 아무도 자네를 얽맬 수 없는 그곳에서 이제는 편히 눈을 감게나……."

이렇게 시작하는 조문이었던 것으로 기억한다. 우리는 분단의 아픔으로 희생된 젊은 주검 앞에서 주체할 수 없이 흐르는 눈물을 훔치며 발길을 돌렸다. 전쟁과 피난 이후 나는 그렇게 다시 한 번 분단을 확인했다.

그날 내무반 한구석에 앉아서 하모니카를 꺼내 물었다. 그리고 밤이 이슥하도록 쉼 없이 하모니카를 연주했다. 그 옛날 도봉산 선인봉에 밧줄을 걸고 매달려 답답하고 눌린 가슴을 풀기 위해 불던 하모니카 소리가 다시금 재연되는 듯했다.

지난 2003년 나는 남북 이산가족 상봉 행사를 통해 6·25 때 서울대병원에 근무하다가 행방불명이 된 작은고모를 금강산 온정각에서 만난 적이 있다. 나는 그날 행사에 함께 참가한 100가족을 통해 그들이 하나같이 다양한 사연과 다양한 아픔을 간직한 채 반백년을 살아왔다는 사실을 확인할 수 있었다.

이제 우리는 분단으로 눈물 흘리는 모든 이들의 눈물을 닦아 주는 데 온 힘을 기울여야 한다. 내무반 총기 사고도 분단의 산물이요, 제 피붙이를 먼 타향에 두고 목을 매달아야 했던 젊은 이도 분단의 산물이다. 전쟁으로 가족과 헤어져 생사도 모른 채 반세기를 살아야 했던 사람들이야 더 말할 나위가 없다. 국민의 눈물을 닦아 주는 일. 그것이 바로 우리 시대의 사명이다.

가족의 발견

오붓하게 같이 보낼 시간도 없고, 경우에 따라서는 외국과 한국을 오가며 살아야 하는 직업을 가진 탓에 나는 늘 가족들에게 미안했다. 월급 봉투 한 번 제대로 준 적이 없는데도 아쉬운 내색 한 번 하지 않고 정말 악착같이 가정을 지켜 준 아내는 물론이고, 한창 예민할 시기에 런던으로 워싱턴으로 학교를 옮겨 다녀야 했던 두 딸에게도 미안한 마음이 굴뚝이다.

그 시절 통신사 기자는 마감 시간도 없고 출퇴근 시간도 따로 없어서 새벽에 출근했다가 다음날 새벽에 퇴근하기도 하고, 경우에 따라서는 집에 들어오지 못하는 날도 많아서 아이들 얼굴을 보는 것은커녕 기억도 못할 정도로 바빴다. 겨우 자는 모습 정도만 보는 것도 다행이었다. 아이들은 지금도 가끔씩 그때 얘기를 꺼낸다. "그때 아빠 얼굴이 생각이 잘 안 나"라고.

연합통신 런던 특파원으로 발령을 받았을 때가 1984년이었는데, 큰아이는 초등학교 3학년이었고 작은아이는 학교에 들어가기 전이었다. 초대 특파원이라서 집도 없었고 사무실도 없었다. 임시로 모텔쯤 되는 곳을 구해서 살림살이를 풀었는데 런던의 날씨가 어찌나 을씨년스러운지 밤이면 커튼을 뜯어서 덮고 자야만 했다.

지국 설립하랴 도착하자마자 터진 바이올리니스트 정경화의 결혼 소식을 취재하랴 눈코 뜰 새 없는 시간을 보냈다. 인터넷은 아예 존재하지도 않던 시절이고 워드 프로세서조차 없어서 텔레타이프로 기사를 쓰고 로히터 통신사에 가서 한 자 한 자 찍어야 비로소 기사를 보낼 수 있었는데, 어찌나 손이 많이 가는 작업이던지 그 고생은 이루 말할 수가 없었다.

한동안은 살림살이할 집은 구했지만 사무실이 없어 집이 곧 사무실이요 사무실이 곧 집이기도 했다. 바쁘고 고생스러운 것이야 서울이나 매일반이었지만 달라진 것은 가족과 함께 생활한다는 것이었다. 방긋거리며 달려드는 아이들을 품어 안아 줄 수 있었고, 틈이 나면 동네를 함께 산책할 수도 있었다. 늘 자는 얼굴만 보던 아이들과 이렇게라도 어울리면서 그제야 '나도 가족이 있었구나' 하는 생각이 들었다. 가족의 발견이랄까. 런던 생활에서 얻은 가장 큰 수확이다.

나야 일 때문에 고생을 한다지만 아이들은 낯선 환경에 적응하느라고 진땀을 뺐다. 처음에는 말도 통하지 않는 데다 외모도 달라 힘들어하는 아이들을 보면서 나 때문에 저 고생을 하는구나 싶어서 고통스럽기도 했다. '차이니스'라는 놀림 때문에 싸움을 하고 들어온 날은 당장이라도 보따리를 싸들고 돌아가고 싶은 생각이 간절했다. 그러나 다행히도 시간이 지나면서 학교 생활도 즐거워하고 친구도 사귀는 모습을 보면서 가슴을 쓸어 내렸다.

런던 생활은 3년으로 끝났다. 런던에 제법 적응을 하는구나 싶을 즈음에 아이들은 또다시 서울에 맞춰 사는 연습을 해야 했다. 새로운 서울살이에서 가장 문제가 되는 것은 학교 공부였다. 과목도 다르고 배우는 방식도 달랐다. 귀국을 해서 첫 번째 본 시험에서 큰아이는 꼴찌에서 두 번째 성적을 받아왔다. 성적표를 받아든 우리 내외는 하도 기가 막혀서 입을 다물지 못했는데 정작 본인이 받은 충격도 적잖았던 모양이다. 학교에서 돌아오면 책상머리에 앉아 떠날 줄 몰랐고 심지어는 코피를 쏟기도 했다. 그런 아이를 보는 내외의 마음도 쓰렸다.

과외를 시키고 싶어도 법으로 금지가 되어 부모까지 구속시키는 법이 실행되고 있던 시기였다. 따라서 누군가에게 뒤처진 공부를 가르쳐 달라고 부탁할 수도 없었다.

귀국하면서 나는 논설위원으로 발령을 받았는데, 아무래도 현장을 발로 뛰는 기자 시절보다는 시간 여유가 조금은 있었다. 그날부터 아이들의 과외 선생이 되기로 했다. 교과서를 손에서 놓은 지는 아주 오래되었지만 그 정도 아이들을 가르칠 실력이 못 되는 것은 아니었다.

저녁에 귀가하면 코트만 벗어 놓은 채 아이와 책상머리에 마주 앉았다. 넥타이를 풀 여유도 없이 앉아서 국어에서부터 수학, 물리, 생물, 화학까지 모든 과목을 가르쳤다. 심지어는 여학생들만 배우는 가정도 가르쳤다.

수업은 가혹할 정도로 진행되었다. 설명해도 알아듣지 못하면 이해할 때까지 반복했고, 일단 배운 것을 모르면 잠도 자지 못했다. 한번은 과학을 가르치고 있는데 아이가 졸았다. 들고 있던 스포이드에 찬물을 넣어 잠 깨라고 얼굴에 쏘았는데 아이가 깜짝 놀라 깨면서 엉엉 울었다. 어찌나 마음이 아팠던지……. 가끔씩은 스파르타식 학습에 제 엄마에게 하소연을 하는 눈치였지만 개의치 않았다. 그렇게 9개월이 지나자 꼴찌에서 두 번째였던 성적이 앞에서 두 번째로 껑충 뛰었다.

이렇게 자란 큰아이가 연세대 생화학과를 졸업하고 같은 대학 국제대학원에서 논문만 남겨놓고 있는데 이제는 결혼을 해서 품을 떠났다. 어릴 적 축구선수도 하고 아빠와 농구도 하던 작은아이는 연세대 체육학과를 졸업하고는 한 두어 해 동안 직장 생활을 하다가는 어느 날 공부 좀 더 하겠다면서 뉴욕의 디자인학교 파슨스에 들어갔다. 정식으로 그림 공부를 한 적도 없고 그림 그리는 것을 거의 본 적도 없는 아이가 디자인을 공부하겠다는 소리에 깜짝 놀랐는데, 얼마 전 박물관에서 주최한 디자인 공모에서 2등에 당선됐다는 소식을 듣고는 한참 동안 어리둥절했다. 공모 당선 덕분에 곧바로 맨해튼에 있는 보석디자인 회사에 인턴사원 노릇을 시작한 모양인데 참 사람 앞일은 알 수 없는 일이다.

"아빠, 힘내세요!"

직장을 옮기는 문제로 긴 고민에 빠져 있을 때에도, 정치라는 낯선 마당으로 판을 옮길 때에도 늘 웃는 얼굴로 내 코앞에 바짝 불끈 쥔 주먹을 들이밀며 아이들이 건네주던 말이다. 그러고 보니 그동안 불끈 쥐어 보인 아이들의 주먹에 그저 씩 웃어 주었을 뿐 고마운 표시 한번 못했는데, 이참에 팔불출 같지만 화답을 해야겠다.

"얘들아, 고마워. 그리고 사랑해."

1 주머니가 넉넉지 않았던 연애 시절, 우리의 데이트 장소는 주로 산과 공원, 그리고 고궁이었다. 기자 초년병 시절 눈 내리는 겨울 기억이 아물아물한 어느 산기슭에서.
2 파란만장한 대학 시절이 끝나고 새로운 인생이 시작된 연세대학교 졸업식장에서 첫사랑이자 마지막 사랑인 지금의 아내 채승원과 함께.
3 양가의 허락을 받고 제법 편안한 포즈로 결혼 직전 비원에서.

1 열렬한 연애의 끝은 결혼이었다. 결혼식이 끝나고 아내가 부케를 친구들에게 던지며.
2 약혼식 직전에 말쑥하게 차려입은 예비 신랑과 곱디고운 예비 신부.

1 신혼여행 중 해운대 해수욕
장의 어느 포장마차에서.
2 결혼 전부터 계속되어 오던
부부 산행은 신혼 시절을
거쳐 지금도 틈틈이 계속되
고 있다. 계룡산 폭포 아래
서 기자 시절.

1 결혼도 하고 신문사에 취직도 되고, 그리고 내 아이를 얻었다.
우리 아이들만 보면 세상에 부러울 것이 없던 시절에 큰딸을 목마 태우고.
2 연합통신 정치부 가족 야유회에서 큰딸을 안고. 즐거운 시간, 행복한 시절이었다.

워싱턴 특파원 시절 둘째딸과 함께 버지니아의 한 강가에서 청어잡이 투망을 할 때.

1 런던 특파원 시절 아내·아이들과 스코틀랜드로 가는 길에 어느 유적지에서.

2 큰딸을 죽자사자 쫓아다니다가 결혼을 '거머잡은' 행운아 사위와 대학을 감사히 졸업하고 결혼식을 올린 큰딸, 전공과는 다르게 뉴욕에서 보석디자인을 하고 있는 둘째딸, 그리고 우리 부부. 큰딸 결혼식에서.

아, 청춘은 아름다워라! 연세대 교정 잔디밭에서 과 친구들과.

잊고 있었던 분단의 아픔을 경험하게 만든 군대 시절.

1 맹켄바우어의 활약에 힘입어 기자협회 축구대회에서 우승을 했을 때. 앞줄 맨 오른쪽.
2 어느 체육대회 족구 시합에서 예전 운동신경의 기억을 더듬어 점프 헤딩하는 나.

1 나와 절친했던 친구 정하식과 여
행을 떠났다가 마곡사쯤이던가에
서. 오래전에 세상을 떠난 친구 정
하식은 삼미특수강에서 실력을 인
정받았던 유능하고 열정이 넘치는
친구였다.

2 정치외교학과 졸업생들과 졸업 직
후 연세대 뒷산에서. 오른쪽부터
조세연구원장이 된 최용선, 한진
상무 이환송, 공업진흥청 부산청장
안병웅, 나, 동보해운 사장 김인환,
삼성전자 부사장 이순동, 박용옥,
외교관이 된 김의식.

맹다구 이야기

실제로 나는 짧은 칼을 쥔 막내아들이라는 생각을 늘 가슴에 품고 살았다. 그래서 한 걸음 더 앞서 나가 싸워야 한다고 스스로에게 다짐했고, 1분 1초라도 더 빨리 손을 뻗어 상대방을 제압해야 한다고 각오를 다졌다. 신문사 기자들이 한 군데 다닐 때 두 군데를 다니려고 노력했고, 그들이 한 사람 만날 때 두 사람 세 사람을 만나려고 애썼다. 정보가 오가는 길목을 봐두었다가 나타나면 잽싸게 물었다. 그리고 집요한 줄다리기를 거쳐 마침내 내 것으로 만들어냈다.

돌격, 세상 속으로

군대에 갔다 와야 사람이 된다고 했던가. 군복무를 끝내고 다시 학교로 돌아온 나는 많이 달라져 있었다. 당시 애인이었던 아내는 이미 졸업을 해서 사회인이 되어 있어 더 이상 태릉으로 출근할 일도 없었지만 무엇보다 '내가 이러면 안 되겠구나' 하는 생각이 들었다. 아마 이런 경우를 두고 철이 났다거나 사람이 되었다고 하는지도 모를 일이다. 일단 그동안 살던 할아버지 품을 떠나 서강에 방 한 칸을 얻어 나왔다. 할아버지는 집 떠나는 손자를 몹시 서운해하셨지만 내겐 해방이나 다름없었다. 등굣길의 행선지도 태릉에서 도서관으로 바뀌었다. 어찌나 열심히 공부를 했던지 복학한 첫 학기에 장학금을 받았다. 개과천선의 대가로 받은 성과물치고는 꽤 짭짤했다. 집에는 이 사실을 숨긴 채 받은 장학금으로 아내의 코트를 샀다. 내게 받은 첫 선물이어서 아내는 요즘도 그 코트 이야기를 꺼낼 때가 있다.

요즘도 그렇지만 캠퍼스란 본래 조용한 날이 없는 법이다. 4학년이 되어서는 전국적으로 교련 반대 운동이 벌어졌는데, 우리 학교라고 예외가 될 수는 없었다. 격렬한 데모가 연일 일어났다.

그러던 어느 날, 도서관에서 공부하던 친구 몇몇이 후배들이 저렇게 열심히 교련 반대 시위를 하는데 우리도 뭔가 해야 하지 않느냐는 제안을 했다. 대찬성이었다.

계획은 일사천리로 진행됐다. 그리고 그날 저녁, 야밤을 이용해 실행에 옮겼다. 주변에 아무도 없는 것을 확인한 우리는 살금살금 학교의 상징물인 독수리상으로 다가갔다. 손에는 누군가 구해 온 붉은 페인트 한 통이 들려 있었다. 우리는 독수리를 떠받친 기둥에 붉은 페인트로 '교련 반대'라는 네 글자를 큼지막하게 써놓고는 줄행랑을 쳤다.

이튿날 학교가 발칵 뒤집혔다. 어떻게 알았는지 형사들이 도서관까지 들이닥쳤다. 도망을 쳐서 나왔지만 마땅히 갈 곳이 없

던 나는 이미 약혼을 한 아내의 원효로 집으로 무조건 쳐들어가
서 일이 잠잠해질 때까지 문간방에 숨어 살았다. 아마 누군가의
도움으로 일이 해결되었을 테지만 숨어 사는 몇 날 동안은 참으
로 죽을 맛이었다.

졸업이 다가오자 취직 걱정을 해야 했다. 그러나 불행하게도
마땅히 갈 만한 곳이 없었다. 석유 파동으로 온 세상이 들썩이
면서 경기가 뚝 떨어지더니 기업들은 서둘러 신입사원 채용 계
획을 축소하거나 취소하였다. 더욱이 사범대생이면 선생으로
나가고 상경대 졸업생은 은행원이 되었지만 정외과 출신을 데
려가려는 데는 어디에도 없었다. 사법고시를 보거나 언론사 시
험에 합격하는 길뿐이었다. 사법고시야 그것만 몇 년을 준비해
도 붙기 어려운 시험이었으니 제쳐두고 언론사 시험을 보는 것
으로 결정을 했다. 그래도 문제는 남았다. 대부분의 언론사들이
그 해에 충원 계획이 없었던 것이다.

훗날 동양통신과 회사를 합쳐서 지금의 연합통신이 된 합동
통신만이 사람을 뽑았는데 그나마 경쟁이 아주 치열했다. 운이
좋았는지 100대 1이 넘는 경쟁을 뚫고 합격하였다. 그해 우리
과 졸업생 중에 언론사 시험에 합격한 유일한 존재였다. 또한
아직도 의원이라는 호칭보다 더 친근한 기자라는 직함을 갖게

한 출발점이었다.

'취재란 전쟁이다.'

견습기자 시절부터 귀가 따갑도록 들은 말이다. 실제로 기자라는 딱지를 단 순간부터 그만두는 순간까지 나는 한순간도 긴장을 풀어 본 적이 없다. 언제 어디서 총알이 날아와 박힐지 모르는 전쟁터처럼 기사거리 역시 언제 어디에서 튀어나올지 아무도 모르는 일이기 때문이다. 자다가도 일이 생기면 뛰쳐나가야 하고 기사거리가 없으면 찾아 헤매야 했다. 남들보다 일찍 발견하면 특종 기자가 되고 남보다 한 발이라도 늦으면 낙종 기자가 되었다. 특종과 낙종은 더도 덜도 아닌 딱 한 발 차이다. 천성이 경쟁을 좋아하고 활동적인 내게는 이만큼 궁합이 맞는 직업도 없었다.

견습 생활을 끝내고 나는 정치부 기자로 배정되었다. 신출내기 기자였으면서도 일주일에 특종 한두 개씩은 꼭 터뜨렸다.

특종의 비결은 두 가지였다. 우선 신발이 닳도록 돌아다녔다. 제일 무식한 방법이었지만 제일 정직한 방법이기도 했다. 이제 막 견습 딱지를 뗀 기자에게 "여기 있소" 하며 기사가 될 만한 소스를 가져다 줄 사람이 아무도 없으리라는 것은 너무도 자명했다. 결론은 하나. 그런 사람을 찾아다니는 일이었다. 신발이 닳도록. 둘째는 노루목을 찾아 지키는 일이었다. 노루가 다니는 길이 있듯이 정보가 다니는 길도 있는 법이다. 노루를 잡으려면 그 길목 지킬 줄도 알아야 하고 적절한 시기에 쏘아야 하듯이 정보도 길목을 지키고 적절히 낚아채는 일이 무엇보다 중요했다.

그때 공화당에는 공채로 들어간 같은 과 친구가 있었다. 이 친구의 역할은 정부와 공화당 사이에 오가는 문건을 접수하고 관리하는 일이었는데, 그 문건들 속에는 정부 정책을 가늠할 만한 좋은 자료들이 수두룩했다. 마침 유신헌법이 선포된 직후라서 중화학공업을 육성하기 위한 정부 정책들이 속속 발표될 때여서 그야말로 알짜배기 정보들이 그 속에 다 들어 있었다고 해도 과언이 아니었다. 사안에 따라서는 문건만으로도 곧 특종이 될 만한 것들이 있었다.

친구를 구워삶아서 문건들을 받아냈다. 처음에는 주저주저하던 친구도 나중에는 아예 제 편에서 먼저 이러저러한 문건이 들어왔다고 은밀히 알려 줄 정도였다.

정보를 입수했다고 해서 바로 기사화할 수는 없었다. 두어 번만 그렇게 했다가는 정보를 얻게 된 경로가 들통날 것은 뻔한 이치다. 일단 정보를 챙기면 일주일 동안은 아예 공화당 근처에도 가질 않았다. 곧바로 그 뒤에는 유정회 정책 담당자들을 찾아다니면서 괜히 이것저것 묻는 척하다가 어느 순간에 기사를 터뜨렸다. 그렇게 되면 정작 정보를 얻은 공화당 쪽은 제쳐두고 애꿎은 유정회 정책 담당자들만 죄다 불려가 닦달을 당해야 했다.

그때 나 때문에 고생한 분들에게 지면을 통해 다시 한 번 죄송했다는 말씀을 드리고 싶다. 당시 중소기업 육성을 위한 국민투자기금법 등의 특종은 거의 그런 식으로 이루어졌다.

시작부터 내 경쟁 상대는 동기들이 아니라 선배였다. 처음에는 선배들을 따라잡기 위해 노력했고 그것을 이룬 뒤에는 선배들보다 더 좋은 기사를 쓰기 위해 노력했다. 그리고 나중에는 더 나은 기사를 유지하기 위해 최선을 다했다. 열심히, 집요하게, 지독하게⋯⋯. 예비 '맹다구'는 그렇게 키워지고 있었다.

내 별명 맹다구

죽으면서 세 아들에게 칼을 한 자루씩 나눠 주었다. 큰아들과 둘째아들에게는 긴 칼을, 막내아들에게는 짧은 칼을 주었다. 짧은 칼을 받은 막내아들이 불만에 찬 목소리로 물었다.

"아버지, 형님들에게는 긴 칼을 주시고 저는 왜 짧은 칼을 주십니까?"

"너는 한 걸음 더 나아가서 싸우면 되지 않느냐."

아버지의 말을 깨달은 막내아들은 긴 칼을 받은 형들보다 더 훌륭한 장군이 되어 나라를 이끌었다.

　　장애인이나 소외된 사람들을 상대로 강연을 하게 되면 나는 늘 이 이야기로 말문을 연다. 환경이 열악한 만큼 더 열심히, 더 치열하게 살면 반드시 성공한다는 뜻일 텐데, 이것은 통신사 근무를 하는 동안 내가 나에게 늘 주문처럼 들려주던 이야기였다.

　　지금은 연합통신사가 전체 언론의 보도 방향을 이끌어 갈 정도로 탄탄한 입지를 확보하고 있지만, 내가 입사를 하던 시절만 해도 '통신사의 비애'라는 말이 보통명사처럼 쓰였다. 일간지 기자를 제일로 취급하고 통신사 기자는 그보다 낮은 수준으로 본다고 해서 나온 말이었다.

　　나는 이런 말을 아무렇지도 않게 공공연히 내뱉고 다니는 사람도 경멸했지만, 이 말을 무슨 진리라도 되는 양 받아들이고 스스로 체념을 하며 살아가는 동료 기자들도 한심해했다. 술 한잔 걸친 선배들이 통신사 기자로서의 신세를 한탄하며 자조 섞인 푸념을 할 때마다 "아니 자기 일에 자부심도 없이 후배들 앞에서 그 따위 소리를 하면 어떡합니까! 더 열심히 해서 걔들보다 한 걸음 더 나가면 될 거 아니오!"라고 언성을 높여서 다투기도 많이 했다.

　　실제로 나는 짧은 칼을 쥔 막내아들이라는 생각을 늘 가슴에 품고 살았다. 그래서 한 걸음 더 앞서 나가 싸워야 한다고 스스로에게 다짐했고, 1분 1초라도 더 빨리 손을 뻗어 상대방을 제압해야 한다고 각오를 다졌다. 신문사 기자들이 한 군데 다닐 때 두 군데를 다니려고 노력했고, 그들이 한 사람 만날 때 두 사람 세 사람을 만나려고 애썼다. 정보가 오가는 길목을 봐두었다가 나타나면 잽싸게 물었다. 그리고 집요한 줄다리기를 거쳐 마침내 내 것으로 만들어냈다.

이런 노력은 갓 받은 기자증에 잉크가 채 마르지도 않을 즈음부터 소위 특종 기사를 따내는 성과로 이어졌다. 내가 쓴 기사가 이 신문 저 신문에서 특종으로 취급되어 큼지막하게 실리는 것은 아주 기분 좋은 경험이었다.

기자 사회는 선후배 관계나 서열이 엄격한 편이다. 신참 기자는 '선배들로부터 배워야 할 게 아직도 많은 존재'라는 인식이 있고, 행여 신참이 특종을 해온다손 치더라도 '소가 뒷걸음질치다가 쥐를 잡은 격'쯤으로 취급했다.

그런데 내 경우엔 뒷걸음질로 잡은 쥐라고 치더라도, 일주일에 한두 건씩은 보통이었으니까 그 빈도가 너무 잦았다. 회사는 마침내 신참에게는 그토록 인색하다는 특종상을 내게 건네주었다. 그리고 그때부터 선배와 동료들은 나를 '맹다구'라는 별명

으로 불렀다. 억척스럽게 오기로 버텨 낸다는 뜻의 깡다구와 내
이름을 합쳐서 만든 말이다.

억척과 오기. 기자 생활을 하는 동안 나는 정말 오기를 가지
고 억척스럽게 일했다. 일단 기자가 되는 순간부터 이미 경쟁은
시작된 것이다.

선배라고 해서 양보하거나 후배라고 해서 봐주는 법이 없는
치열한 경쟁. 후배가 살아남는 방법도 억척과 오기요, 선배가
자신의 자리를 보전하는 방법도 다르지 않다는 게 아직도 변함
없는 내 생각이다.

이쯤 되자 같은 출입처를 드나들던 일간지 기자들은 내가 보
이지 않으면 '오늘은 또 뭘 터트리려나' 하며 불안해했고, 모습
을 나타내면 내 표정 속에서 해답을 읽으려고 애를 썼다. 나의
특종은 곧 자신들의 낙종을 의미하는 데다 낙종은 심한 질책으
로 이어진다는 것을 뻔히 알기 때문이었다.

긴장을 하기는 회사의 선배 기자들도 마찬가지였다. 갓 들어
온 신참이 연일 휘젓고 다니는데 지금까지처럼 보도자료나 받
아다가 기사를 만들 수 없는 노릇이었다. 신참보다 질 떨어지는
기사를 데스크에게 넘겨주는 건 자존심 때문에라도 용납되지
않았을 것이다.

기사 하나를 만들기 위해 발뿐 아니라 이제는 머리까지 동원해야 했을 터이니 내가 눈엣가시 같은 존재였으리라는 사실은 짐작하고도 남는다. 실제로 선배들 중에는, 특히 바로 위 선배들 중에는 나를 싫어하는 사람들도 있었다.

선배들과는 달리 회사에서는 나를 아주 귀하게 여겼다. 그즈음 합동통신에 새롭게 취임한 박용곤 사장은 "명색이 통신사인데 견문을 넓혀야지 않느냐"며 함께 여행을 떠날 젊은 기자로 나를 지목할 정도로 대접을 받았다. 영국의 로이터, 독일의 DPA, 프랑스의 AFP, 미국의 AP, 일본의 교토통신을 순례하는 30일간의 긴 여행이었다. 개인적으로는 영광이요, 여행의 의도처럼 견문을 넓히는 데 큰 도움이 되었다.

그리고 1978년에는 자체 회사로서는 처음으로 해외연수 계획을 세웠는데 그 첫 번째 대상자로 또다시 내가 뽑히는 행운을 얻었고, 그로 인해 1년 동안 미국의 컬럼비아대학교에서 연수를 겸한 학업을 할 수 있었다. 이런 나를 두고 사람들은 '합동의 황태자'니 뭐니 하며 부러워하기도 하고 수군덕거리기도 했다.

짧은 칼을 쥐었다고 푸념만 하고 있었다면 어떻게 되었을까. 결과는 확인하지 않아도 뻔하다.

콤플렉스 없는 사람은 없다. 그러나 최선을 다해 그것을 딛고 이기려고 노력할 때 누구든 겸손한 일등으로 거듭날 수 있다. 내 삶이 그 증거다. 내 별명 '맹다구'는 결코 저절로 만들어진 게 아니다.

남산에서 벌인 특종 뒤풀이

맹다구 시절의 얘기를 좀 더 해야겠다. 방송국 생활까지 20여 년이 넘는 세월을 기자라는 이름으로 살았으니 만난 사람도 부지기수고 기억 속에서 지워지지 않을 만큼 인상적인 사람도 적지 않다. 그 중 특이하게도 개인적으로 만나거나 친분이 있는 것도 아닌데 여태 그 이름을 지우지 못하는 인물이 있으니 미국 카터 행정부 시절 안보담당 특보를 맡았던 브레진스키다.

1978년 5월쯤이었던 것 같은데 브레진스키가 서울을 거쳐 북경을 방문한다는 소식을 듣고는 즉각적으로 '이거 뭔가 있겠구나' 하는, 마치 동물 같은 기자 감각이 발동했다. 서울이면 서울이고 북경이면 북경이지 서울을 거쳐 북경에 간다는 것에는 말 못할 뒷이야기가 숨겨져 있으리라는 추측이었다. 대선 유세 때부터 주한미군 지상군 철수를 공약했고 1977년 취임하자마자 이를 정책으로 확정한 카터 행정부와 외국의 내정간섭을 배척하고 자주 외교를 펼치려는 우리 정부가 갈등을 빚던 미묘한 시기여서 브레진스키의 서울과 북경 방문은 단순한 방문 이상의 의미를 가질 것이라고 생각했다.

당시 매주 목요일에는 대통령이 주재하는 청와대 대책회의가 열렸다. 분명히 브레진스키의 서울 방문에 대한 논의가 있었을 것은 보지 않아도 뻔했다. 그래서 그 다음날인 금요일, 평소 친하게 지내는 외무부의 고위 관리 방을 찾았다. 당시 차관으로 내정되어 있던 분이었다. 나는 이런저런 얘기를 나누다가 아무렇지도 않은 듯이 슬쩍 브레진스키의 서울 방문에 관한 얘기를 던졌다.

"브레진스키가 여기 왔다 북경에 간다면 우리 정부도 부탁할 게 많겠네요?"

그러자 주저하는 빛도 없이 그가 꺼낸 대답이 바로 특종감이었다.

"그러잖아도 어제 회의에서 브레진스키가 왔다 가면 우리 쪽

애기도 북한에 전하고 중국이 남북에 어떤 역할을 좀 해주길 바란다는 애기를 나눴다고."

사실 이런 정보는 국가 기밀에 속할 내용이었다. 냉정하게 따지면 기사화해서는 안 되는 내용이 분명했다. 머리가 바쁘게 움직였다.

'아마 조금만 시간이 지나면 이 양반이 말실수 한 걸 깨닫고 오프더레코드(off the record : 기자회견이나 일반 면담 등에서 기록하지 않거나 공표하지 않는 것을 조건으로 거는 일)를 걸지도 모른다. 그 말이 나오면 기사화는 물 건너가는 거다.'

대화 도중 화장실에 다녀오겠다고 말하고는 그 길로 곧장 기사를 만들어 회사로 송고했다. 브레진스키가 북한에 전할 우리 정부의 모종의 메시지를 가지고 북경을 방문한다는 내용의 기사였다.

기사가 나가자 청와대가 발칵 뒤집혔다. 대통령이 주재한 회의 결과를 누가 언론에 흘렸는지 잡아들이라는 명령이 떨어졌다. 기사를 쓴 기자부터 잡으려고 회사며 집으로 정보부원들이 들이닥쳤다. 그때까지도 외근을 하느라 무슨 일이 벌어지고 있는지 까맣게 몰랐던 나는 부장에게서 전화 한 통을 받고서야 일의 내막을 짐작할 수 있었다. 부장은 목소리부터 다급했다.

“오늘 집에도 들어가지 말고 어디론가 없어지라고.”

“왜요?”

“지금 검은 지프를 탄 놈들이 자네를 잡으러 다니니까 일단 피해!”

곧바로 집으로 전화를 걸었더니 아내는 아침부터 집 밖에 시커먼 지프가 서 있다면서 덜덜 떨고 있었다.

평소 좋아하던 선배 기자인 박동진 씨에게 사정 얘기를 하고 하룻저녁을 묵었다. 그리고 이튿날, 부장의 지시에 따라 조사에 응하기로 했다. 덩치가 산만한 정보부원 서넛이 기다리고 있다가 연행을 했다. 조사실이 있는 남산까지는 훗날 주일공사를 지낸 김기성 선배가 동승을 했다.

조사실의 육중한 철문이 덜컹 닫히자 오히려 마음이 차분해졌다. 마음속으로 주문처럼 의지를 다졌다.

‘나는 기자다. 나는 자랑스런 기자다. 내가 여기서 이 친구들에게 져서 취재원을 불면 절대 안 된다.’

심문관의 자리는 내가 앉은 위치보다 조금 높은 곳에 있었다. 바닥엔 진짜 핏자국인지 아니면 일부러 그래 놓았는지는 모르지만 이곳저곳 벌건 자국들이 묻어 있었다. 공포 분위기인 것만은 틀림없었다. 심문관이 돌아가며 들어왔는데, 어떤 심문관은 두어 마디를 묻는가 싶더니 곧바로 쇠자를 들어 책상부터 내리치며 "이 새끼 이거 말로는 안 되겠네. 동물적으로 다뤄야 제대로 불겠어!" 하고 엄포를 놓았고, 또 다른 심문관은 들어오자마자 "이거 한 대 피우고 하시죠" 하며 담배를 권하면서 꼬드겼다. 그야말로 어르고 빰치는 수법이었다. 새벽 한두 시에는 옆방에서 여자의 비명 소리도 나고 두들겨 패는 소리도 들렸는데 그것은 녹음된 소리 같았다. 지레 겁을 먹고 순순히 털어놓으라는 일종의 심문 수법이었던 듯하다.

나는 꿋꿋하게 버텼다. 초지일관 이미 머릿속에 짜두었던 시나리오를 되풀이했다.

"한반도 상황이 이런 시기에 미국의 안보담당 특보가 서울 들렀다가 북경에 간다면 뻔한 거 아닙니까. 청와대 대책회의를 전해 들은 바는 없지만 아마 내가 대책위원이라고 하더라도 그렇게밖에 결론을 내릴 수 없었을 겁니다. 특종 욕심에 오버해서 작문한 건데 자꾸 누가 그 말을 해주더냐고 물으면 어쩝니까?"

나는 스무 시간 이상 같은 말만 되풀이했다.

하루가 지나자 심문관들의 초조해하는 빛이 내 눈에도 역력히 보였다. 기자 하나 잡아다 놓고 누구한테 들은 정보인지만 알아내면 되는 것을 하루가 지나도록 자백받지 못했으니 청와대에서 난리를 부렸을 것이 분명했다.

어떻게 이 문제를 해결할 것인가. 사실을 사실대로 밝힐 수
는 없는 일이고……. 머리는 복잡해졌지만 냉철하게 빠져나갈
방도를 궁리하기 시작했다. 저들도 빨리 끝내기를 초조하게 원
하는 것 같으니 웬만큼 납득할 수 있도록 둘러대면 잘 수습되리
라는 확신이 섰다.

우선 조사 과정에서 내게 제일 따뜻하게 대해 주었던 심문관
을 만나고 싶다고 얘기했다. 내 상식에 의하면 이런 요구는 대
개의 피의자들이 심경에 변화를 일으켰다는 의미였다. 이내 내
가 지목한 심문관이 들어왔다. 나는 담배를 달래서 아무 말도
않은 채 두 대를 연거푸 피웠다. 그리고 체념한 듯 한숨을 길게
내쉬고는 천천히 입을 열었다.

"내가 이 얘기를 하면 이제 나는 밖에 나가서 더 이상 기자
생활 못하는 거 알죠? 그게 제일 힘든데……. 외무부에 자주 드
나드는 담당 과장 방이 있는데, 거기 가서 내가 슬쩍 떠봤소.
'청와대 대책회의에서 브레진스키한테 뭐 부탁하기로 했다
며?' 하고 물었더니 그 과장이 깜짝 놀라 일어나면서 '아니 그
걸 어떻게 알아?' 합디다. 그래서 내가 확신을 가지고 기사를 썼
소. 이게 다요."

말을 마치고는 굉장히 괴로운 표정을 짓는 것은 연극의 마무리였다. 말이 타당성이 있었는지, 아니면 어쩔 수 없이 조사를 끝내야 했는지 내 진술은 받아들여졌고 그걸로 끝이 났다. 아마 이와 같은 진술을 처음부터 했더라면 전혀 인정을 받지 못했을 게 뻔하다.

내가 지목한 담당 과장이 사실 확인을 위해 불려 간 것은 자명한 일. 하루에도 수십 번씩 제 방에 드나드는 맹아무개인 데다 오고간 얘기까지 일일이 기억할 수는 없는 일 아니던가. 불려 와서 몇 마디 대답만 하고는 그것으로 사건은 막을 내렸다. 담당 과장은 훗날 대사까지 지냈으니 불이익을 받은 일도 전혀 없다. 물론 내게 실수로나마 정보를 준 고위 관리도 무난히 차관으로 승진했으니 이 사건의 결론은 해피엔딩이다.

가까이서 얼굴 한 번 본 적 없고 손 한 번 잡아 보지 않은 브레진스키 덕분에 남산 경험까지 했으니 이쯤 되면 우리 인연도 보통은 아니다.

기억할 분들이 많겠지만

1981년에 치러진 제11대 국회의원 선거는 민정당이 151석을 얻어 제1당이 되었고, 민한당이 81석, 국민당이 25석으로 각각 제1, 제2야당으로 등장했다. 그러나 '정치풍토 쇄신을 위한 특별조치법'에 따라 DJ·YS 등 주요 정치인들의 정치 활동을 금지시키고 치러진 선거라서 민한당과 국민당은 군사정권이 기획한 관제 야당이라는 오명을 벗지 못했다. 국민들은 민정당이 1중대, 민한당이 2중대, 국민당이 3중대 하는 식의 비아냥을 대놓고 했다.

제5공화국 헌법에 따라 해산된 신민당 소속 의원들 중에서 정치 활동에 규제를 받지 않은 이들을 중심으로 만든 당이 민한당이고, 공화당과 유정회 출신 중 일부 의원들이 주축이 되어 출범한 당이 국민당이었다. 민한당과 국민당 총재는 각각 유치송 씨와 김종철 씨가 맡았는데, 이 두 정당은 창당 초기부터 세간과 마찬가지로 기자들 사이에서도 관제 야당이 아니냐는 의심의 눈초리가 있었다.

당시 야당 출입 기자였던 나 역시 그런 의견에 동조하는 편이었다. 심증보다 물증을 찾아야 하는 건 수사관만이 아니다. 기자 역시 명확한 증거를 확보한 뒤에 기사화를 해야 탈이 나지 않는 법이기에 일단 시간은 조금 걸렸지만 두 정당에 참여한 인사들의 면면을 샅샅이 뒤지기 시작했다. 사람들의 연관 관계를 통해 아무개는 누구와의 연줄로 어느 정당에 들어가고, 아무개는 누구와의 관계 때문에 어느 정당에 참여하고…… 하는 식으로 그림을 그려 나갔다.

취재 결과를 종합해 결론적으로 말하면 세간의 소문은 사실이었다. 심지어는 야당의 투사라고 알려진 인사 중에 정부의 유력자가 뒷배를 봐주는 사실이 드러나기도 해서, 사람은 겉으로만 판단해서는 안 되겠구나 하는 생각을 했다. 또 이 취재를 통해 밝혀진 흥미로운 사실 하나는 국회의원들을 배정하면서

1중대를 먼저 고려해 배치하고, 넘치면 2중대로, 그래도 넘치면 3중대로 넣었다는 사실이다. 당초 민정당 전국구로 통보를 받았는데 발표는 민한당으로 되었다고 투덜대는 의원들도 있었으니 그야말로 한 편의 소극(笑劇)이었다. 일란성 세 쌍둥이라고나 할까.

이러한 사실을 기사화하고 싶었지만 차마 실명을 드러내 놓고 쓰지는 못할 것 같았다. 고민 끝에 이름은 이니셜로 표기하고 기사화한 적이 있는데, 전체 취재 내용에 비하면 아주 작은 부분만을 실었다. 그 충격적인 내용은 아직도 내 취재수첩에 고스란히 남아 있어 요즘도 당사자들을 볼 때마다 묘한 감정이 들곤 하는 건 어쩔 수가 없다.

그런데 정작 선거가 코앞에 닥치자 더 기막힌 일을 목격할 수 있었다.

공천 마감 시간이 되었는데도 공천자 명단을 내놓지 않는 야당이 있었다. 각 신문사 마감 시간 전에는 기사도 쓰고 송고도 해야 하는데 도무지 나올 기미가 보이지 않기에, 더 이상 기다릴 수만 없어서 사무총장실로 쳐들어갔다. 그리고 문을 벌컥 열면서 "총장님, 지금이 몇 신데 아직도 공천자 명단이 안 나오는 겁니까?" 하는데, 그때 사무총장이 한쪽 구석에 앉아 전화로 무

언가를 열심히 받아 적고 있었다. 누군가 불러 주는 공천자 명
단이었다. 누구였을까.

이렇듯 여당과 야당의 구분이 없는 세상이었지만 그래도 기
자들 사이에서는 "야당의 기를 세워 줘야 하는 것 아니냐"는 일
종의 동정이 일었다. 그래도 여당보다 야당이 낫다는 인식은 제
5공화국이 태생적으로 갖는 원죄 때문이기도 했을 것이다.

선거 취재는 지역 담당을 정하게 되는데, 11대 총선에서 부
산·경남 쪽이 내게 할당되었다. 부산 동래에서 민한당으로 출
마한 박관용 씨는 신민당 시절부터 잘 알고 지내던 사이고 첫
출마여서 제일 먼저 선거 캠프에 들렀다. 뭐 하나 제대로 갖추
고 있는 게 없었다. 상대 후보인 민정당의 김진재 씨나 국민당
의 양찬우 씨와 비교하면 딱 거지꼴이라는 표현이 적당했다. 그
리고 이 두 부자들 틈바구니에 끼여서 아주 힘들어했다. 기자로
서 딱히 도와줄 건 없고 기사나 하나 써서 보탬이 되면 좋겠다
는 생각에 실은 기사가 '맨발의 박관용'이다. 그런데 얼마 후 다
시 내려가 보니까 아예 이 기사를 사무실 곳곳에 도배하다시피
해놓고 있었다. 기사의 제목이 먹힌 건지 아니면 후보의 열정이
통했던지 한 지역구에서 두 명을 뽑는 선거에서 7만여 표를 얻
어 김진재 씨와 더불어 당선되었다.

박관용 씨의 기사를 본 서석재 씨도 나만 만나면 자기도 하나 지어 달래서 영 생각이 안 난다고 했더니 이런 건 어떻겠느냐면서 ‘서민의 서석재, 설움 받는 서석재, 서구의 서석재’를 내놓았다. 서씨니까 ‘서’자로 운을 맞췄는데 그렇게 와 닿지 않았다. 얼마 뒤 내가 뭐라고 쓰긴 한 것 같은데 ‘맨발의 박관용’만큼은 알려지지 않았다. 서석재 씨 역시 그 해 선거에서 당선, 국회의원 배지를 달았다.

비록 관제 야당이란 오명 속에 치러진 선거였지만 박관용 씨와 서석재 씨 등의 당선은 마치 내 승리라도 되는 양 기뻤다. 오랜 고생에 대한 보상처럼 보였기 때문이다.

신입 때부터 줄곧 정치부에서 기자 생활을 했기에 정치인의 생리를 누구보다 잘 안다. 관제 야당이니 공천자 명단 받아 적기 같은 것은 그 중 일부에 지나지 않는다. 일반인들은 상상하지 못할 정도로 추악한 일도 종종 벌어진다. 협박과 협잡이 존재하고, 간혹 시정잡배보다 못한 행동도 서슴지 않고 벌이는 경우도 있다. 오죽하면 국회 본회의장 기자석에 앉아 취재를 하던 나도 “저 거지 같은 X들”이라는 욕을 해댄 적이 있을까.

밖에서 보는 정치는 분명 그렇다. 이해는 하면서도 대단히 부정적이다. 하지만 내가 국회의원이라서가 아니라, 정치인에 대한 부정적인 시각이 증폭되고 커지는 나라치고 발전하는 나라 없다. 잘못된 것은 정치인이나 국민이나 마찬가지로 엄한 법의 제재를 가해야 옳지, 비아냥이나 조롱의 대상으로 삼으면 안된다. 국회의원은 싸움이나 하는 줄 알았는데 들어와 보니 하는 일도 많고 중요하다. 또 작심하고 일하려 들면 엄청난 일을 할 수 있는 사람들이 정치인이요 국회의원이다. 국회가 열리면 의원회관에 밤새 불이 켜져 있는 방들이 많다. 국민의 격려가 나라를 살린다. 칭찬은 고래도 춤추게 한다잖은가.

아, 80년

1980년 5월 17일, 나는 그 소식을 군산에서 들었다. 마침 주말이라서 동서네 식구와 가족 모임을 하기 위해 내려왔던 차였다. 그 소식을 듣자마자 부리나케 튀어나와 차를 몰고 서울로 향했다. 워낙 고물차라 마음은 저만큼 앞서 가는데 덜컹거리기만 할 뿐 도무지 속도가 오르지 않아서 애꿎은 액셀러레이터만 죽자고 밟았다.

동교동 김대중 씨 집에 도착하니 열두 시가 넘었다. 예상대로 집 안은 폭풍이라도 지나간 듯이 풍비박산이 나 있었다. 가족은 아무도 없고 수행원 몇 명과 동아일보의 남찬순 기자만이 집을 지키고 있었다. 남 기자는 그날 밤 동교동이 박살나는 현장을 지켜본 유일한 인물이었다.

집 안에 들이닥친 군인들은 예의는 고사하고 총부리로 배를 쿡쿡 찔러 가며 사람들을 몰아세우고, 김대중 씨와 권노갑 씨를 끌고 갔다고 들려주었다.

나는 그의 이야기를 벌벌 떨면서 들었다. 두려움이 아닌 분노가 내 온몸을 흔들어댔다. 당장이야 기사로 쓰지 못하겠지만 언젠가는 꼭 이날의 상황을 기사로 써야겠다고 마음먹고 하나둘 스케치를 하기 시작했다. 한국 현대사에서 가장 큰 비극 중 하나로 꼽힐 1980년 5월은 내게 그렇게 왔다.

사실 이번이 처음도 아니었다. 1973년 8월 한여름에도 나는 바로 이곳 동교동에서 똑같은 무참함을 느꼈다. 동교동을 출입하는 기자는 아니었지만 회사로부터 급히 가보라는 연락을 받고 도착했을 때, 핼쑥하고 상처 난 김대중 씨의 얼굴을 보고 느낀 기분이 바로 이랬다. 기자회견을 하는 동안 나는 귀를 통해 흘러들어오는 말소리를 열심히 받아 적었지만, 눈동자는 연신 그 처참한 얼굴을 응시하고 있었다. 젊은 기자의 정의감이란 이럴 때 아주 참기 힘든다.

이튿날 찾아간 국회는 문을 꽁꽁 닫아서 들어갈 수 없었다. 지금의 KBS 연구동 자리에 있던 의원회관을 갔다가 황낙주 원내총무를 만났다. 후원회 총무인 듯한 분이 불만 섞인 목소리로 군인들을 성토하고 있었다. 그리고는 급기야 "야당 의원이 국회도 못 들어갑니까? 원내총무 정도는 국회에 들어가셔야 되는 거 아닙니까?" 하고 황 의원의 등을 떠밀었다.

함께 있던 사람들이 황 의원과 국회로 향했는데 예상대로 정문에서 군인들에게 제지를 당했다. 황 의원이 "이놈들아!" 하고 호통을 치자 그들은 시위라도 하듯 총으로 가로막았다. 더 이상 꼼짝할 수가 없었다. '뭐 이런 녀석들이 있나' 하는 생각에 피가 거꾸로 솟구치는 기분이 들었지만 거기서 맞서 싸울 수도 없는 노릇이었다. 총을 가진 군인에게 누가 덤빌 것인가.

몸을 돌이키려는 순간, 내 눈에 포신이 정문을 향해 놓인 대포가 들어왔다. 의사당 지붕 위였다. 저게 어떻게 저 위에 올라가 있을까라고만 생각했지 사진을 찍어 둘 생각을 못한 것이 아직껏 후회가 된다. 1980년 5월의 사진을 숱하게 보았지만 의사당의 대포를 찍은 것은 한 장도 발견하지 못해 아쉽다. 하지만 내 눈에 비친 것은 분명 대포였다. 그래서 이날은 내게 군부가 온 국민을 향해 대포를 겨눈 날로 기억된다. 그들에게 국민은 없었던 것이다.

나는 군인들이 권력을 잡아 가는 과정을 기자로서 지켜본 사람이다. 비상계엄 선포 직전의 서울역 대규모 시위만 해도 그렇다. 갑자기 한강다리가 뚫렸다. 그래서 학생들이 전부 서울역으로 집합할 수 있도록 만들었다. 그리고 경찰을 향해 버스가 돌진하고 불도 질렀다. 누가 그랬을까. 학생들이 아니다. 신원 모를 양아치다. 폭도들을 이대로 놔둘 수 없다는 분위기로 몰아가고 언론도 거기에 한몫 보탠 것이 사실이다.

광주도 마찬가지다. 엄연한 우리 국민들을 무차별하게 살육하는 것으로 자신들의 위세를 세우고 정권을 잡은 것이다. 이것은 용서될 수 없다.

정치부 기자인 내가 유일하게 정식으로 출입하지 못한 곳이 청와대다. 그런데 한 6개월쯤 청와대 출입을 할 기회가 있었는데 아웅산 사건이 일어났을 때다. 회사 동료 기자가 그곳에서 부상을 당해 그 자리를 대신했는데, 그때 전두환 대통령을 가까이서 볼 수 있었다.

짧은 기간이어서 정확한 판단이 아닐 수 있지만 내가 받은 인상은 우선 듣기보다 말하는 걸 좋아한다는 것이다. 가령 한 시간짜리 모임이라면 전 대통령이 말을 하는 시간은 조금 과장해서 59분, 나머지 1분이 두세 사람이 말할 기회를 갖는데 그 내용은 이구동성으로 "지당하십니다"류의 아부성 발언이 전부다.

또 다른 인상 하나는 대단한 자기과시형이 아닌가 하는 점이다. 전 대통령은 어떤 자리에서든 자랑을 많이 하는 편이다. "엊그제 경제 전문가들을 만났는데 나보고 자기들보다 낫다고 하더라"는 식이다. 아무리 김재익 씨를 비롯해 훌륭한 경제 참모를 곁에 두고 있다고 해도 이런 식의 자기과시를 진심으로 '지당'하게 받아들이는 사람이 과연 몇이나 될까?

전 대통령은 보스 기질이 강하고 친화력도 대단한 인물이다. 그래서 주변에 사람이 몰리는 것 같았다.

군사정권에 대단히 비판적인 기자가 있었다. 그런데 청와대 출입 기자로 자리를 옮긴 뒤 갑자기 전 대통령 사람이 된 것처럼 태도가 바뀌었다. 내용을 알고 보니 이랬다. 대통령이 오란다고 해서 가보니 배석자도 없는 독대 자리였단다. 거기서 대통령이 백년지기 만난 듯 반갑게 맞더니 기자 무릎에 손을 얹고 "동지, 날 좀 도와주소" 하더란다. 당시 서슬이 시퍼렇던 시절에 국가원수가 인간적인 친밀감을 보이는데 그만 반해 버렸다나…….

아무튼 전 대통령과 가까이 지냈던 사람들은 지금도 그를 나쁘게 얘기하지 않을 정도로 그는 대단한 친화력을 지니고 있었다.

그래서 내린 결론이다.

'권력을 잡으면 착각에 빠진다.'

그 착각이 이 땅에 80년 5월의 비극을 만든 건 아니었을까?

재벌 총수와 가스라이트

1986년 4월, 런던 히드로 공항에 대형 비행기 두 대가 내렸다. 전두환 대통령의 영국 방문을 위해 서울에서부터 날아온 비행기다. 문이 열리고 대통령이 내려 대기하고 있던 차에 올라타고 공항을 떠난 뒤, 비로소 두 대의 비행기 안에서 사람들이 쏟아져 나왔다. 대통령의 영국 방문에 동승한 기자단과 내로라 하는 재벌 총수가 포함된 기업인들이었다.

잠시 후, 입국 심사장에는 커다란 가방을 바닥에 내려놓고는 그 곁에 쪼그리고 앉은 한 무더기의 사람들이 보인다. 조금 전 비행기에서 내린 사람들이다. 쪼그리고 앉아서 입국 심사를 기다리는 것이야 그렇다 친다지만, 세관 검사도 그 자리에서 진행된다. 국내에서는 손에 흙 한번 안 묻힐 귀한 분들이 바닥에 가방을 펼치고 검사를 받는다. 아무리 인종차별이 심한 나라라고 해도 이건 너무 심하다. 그러나 한편으로는 국빈 방문이라는 이름을 내건 이런 대규모 방문단도 민망하고 부끄럽기는 마찬가지다.

아마 전 세계에서 대통령의 외국 방문에 대형 비행기 두 대만큼 사람을 태우고 다니는 나라는 우리밖에 없을 것이고, 국빈 방문이라는 말을 자랑스럽게 신문 제목으로 뽑는 나라도 우리뿐일 것이다. 내가 본 바로는 영국을 방문하는 외국의 정상들은 대개 실무에 꼭 필요한 사람 몇 명만 데리고 입국했다가 볼일을 마치면 곧바로 떠나는 게 일반적이다. 따라서 국빈 방문이라는 말도, 쓸 이유도 전혀 없다.

이날 전두환 대통령의 영국 도착에 맞춰 우리나라의 각 언론들은 일제히 '전두환 대통령 각하 내외 런던 도착'이라는 제목의 기사를 1면 머리기사로 올렸겠지만, 정작 〈더 타임즈〉나 〈가디언〉 등 런던의 일간 신문들에서는 한국 대통령의 영국 방문에 대한 기사를 거의 볼 수가 없었다. 시민들의 관심사가 아니라고 판단했기 때문이다.

사실 대통령의 해외 순방이나 정상회담 등을 보도하는 우리 신문의 태도는 요란하거나 과장된 감이 없지 않다. 연일 방문 성과뿐 아니라 그날그날의 일정을 여러 면에 걸쳐 싣는가 하면, 대통령이 식사는 무엇을 했는지, 몇 시에 일어났는지, 심지어 발을 꼬고 앉았는지 비스듬히 앉았는지, 양복은 무슨 색을 입었는지 등 시시콜콜한 것까지 가십이라 해서 따로 묶어 싣는 과잉 친절을 베푼다.

바로 이런 과잉 친절 중 하나가 현지 반응이라는 기사다. 전 대통령의 영국 방문을 취재하는 동안 가장 곤혹스러웠던 주문이요 취재였다. 대통령의 방문 사실조차 모르는 시민들에게 인터뷰를 할 수는 없는 노릇이다. 그렇다고 임의로 작문을 해서 보낼 수도 없으니 그야말로 난감하기 짝이 없다.

생각하다 못해 찾아간 곳이 참전용사회. 한국전쟁에 참전한 경험이 있는 노병들은 대부분 우리나라에 대해 호의적이고 관심도 많았다. 대통령의 영국 방문 소식을 알고 있는 사람들도 많아서 인터뷰를 수월하게 진행할 수 있었다. 하지만 여기서 인터뷰한 사람들을 모두 참전용사회로 소개할 수 없으니, 한 사람을 제외하고는 각자의 직업 등을 표기하는 것으로 비켜가야 했다.

거품은 경제에만 있는 게 아니라 외교에도 있다는 사실을 나는 전 대통령의 영국 방문을 통해 보았고 확인했다. 우리도 다른 나라의 정상들처럼 거품을 걷은 채 실무적인 인원만으로 단출한 나들이를 하는 대통령을 보고 싶다.

대통령이 영국을 방문하던 때의 어느 날 저녁.

런던의 술집 '가스라이트'에는 한 무리의 한국인들이 자리를 잡고 앉아 술을 마시고 있었다. 선임자인 듯한 사람이 일일이 술을 따라 주면 상대는 두 손으로 공손히 술을 받아마셨다. 모든 사람의 시선이 선임자에게 고정되어 있었고, 화제를 이끄는 것도 그였다. 화기애애한 분위기였지만 그 속에는 절도가 있었다.

건너편 테이블에서 술을 마시던 영국인 남자 한 명이 자꾸만 한국인들의 무리를 힐끗거렸다. 그리고 옆 좌석 사내에게 낮은 목소리로 무어라고 속삭였다. 이야기를 듣던 사내의 눈이 점점 커지는가 싶더니 이내 둘은 가스라이트를 조용히, 그러나 재빠르게 빠져나갔다.

다음날 아침 신문에 대문짝만한 기사가 실렸다. 엊저녁 한국인 무리의 선임자 얼굴이 실린 그 기사의 내용은 "한국의 전두환 대통령이 지난밤 런던 시내의 술집인 가스라이트에서 여자들과 함께 밤늦게까지 술을 마셨다"는 내용이었다.

구성은 색다르게 했지만 이것은 실제 상황이다. 그러나 확인 결과 기사의 주인공은 전 대통령이 아니라 국내 굴지의 기업 총수였다. 작은 키에 벗겨진 이마 때문에 멀리서 보면 전두환 대통령과 비슷해 보일 수도 있다. 전 대통령이 영국을 방문했다는 소식을 알고 있는 영국 기자가 가스라이트에서 만난 이 재벌 총수를 대통령으로 오인해서 저지른 오보였다. 기업 총수는 이날 자신이 소유한 회사의 현지 직원들과 회식을 하던 중이었던 것으로 밝혀졌다. 이러한 내용을 보고받은 대통령의 경호실장이 문제의 기업 총수를 불러 혼쭐을 냈다는 뒷이야기는 믿거나 말거나!

1 합동통신에서 열심히 일한 공로(?)로 보내 주었던 컬럼비아대학교 연수 시절 도서관 앞에서.
2 기자 시절, 현재 조세연구원장인 최용선과 함께.

합동통신이 문 닫기 전 마지막 정치부 기자들.

1 오리건 어느 댐에서.
2 낚시터에 도착하여 낚시 준비를 끝내고 처남 채원석 군과 함께.
  이날 처남과 고기 한 마리 때문에 잊지 못할 추억이 생겼다.

늘 부러웠던 영국 정치문화의 산실 웨스트민스트 국회의사당 강 건너에서.

1 샌프란시스코에서 열린 남북군
축학술회의에 참석했다가 바닷
가 절벽에서 현재 조선일보 부
국장인 당시의 김창기 기자,
KBS 사장이 된 정연주 한겨레
신문 기자와 함께.
2 역시 나는 낚시광이었나 보다.
특파원 시절 바다낚시를 즐기며.

1 런던 특파원 시절 세계 적십자 회의가 열렸던 핀란드 취재길에서. 유창순 전 적십자사 총재와 박창래 당시 동아일보 런던 특파원과 함께.
2 런던 특파원 시절, 오른쪽에서 두 번째가 강영훈 전 국무총리.

아! SBS 앵커 시절.

4

정치 속으로

나는 또다시 아버지에게서 짧은 칼을 물려받은 막내아들의 심정으로
구두끈을 질끈 묶고 거리로 나섰다. 조직이 있는 것도 아니고
돈이 있는 것도 아니었다. 믿을 것이라고는 몸뚱어리 달랑 하나였다.
하루에 백 명, 이백 명을 만나기보다는 한 사람을 만나더라도
내 진정성을 알게 하자는 각오로 정성을 기울여 손을 맞잡았고
지혜를 다해 이야기를 나눴다.

새로운 시작

사람의 꿈과 희망은 늘 바뀐다.

내 경우도 마찬가지여서 공군사관학교를 다니던 집안 아저씨를 볼 때에는 파일럿이 되고 싶었고, 농촌 계몽 활동을 하던 고등학생 시절에는 잠시나마 농민들과 함께 땀도 흘리고 문맹도 없애는 농촌운동가를 꿈꾸기도 했다. 한때는 엉뚱하게도 막연히 연극배우가 될 뜻을 품기도 했는데, 실제로 길거리에서 캐스팅이 되는 황당함을 겪기도 했다. 물리학자도, 화가도, 기자도, 운동선수도, 내가 좋아하는 모든 것이 되고 싶었다.

꿈이라고 이름 붙이기보다는 어린 시절 훌륭한 사람을 본받고 싶었던 욕심이었다. 작은 것이라도 본받고 싶으면 어떻게든 배워야 했기에 어른들 몰래 도장을 다니고 농촌봉사 활동도 따라다녔다. 그 꿈 중 아직도 나에게 남아 있는 것 하나가 있다. 조용한 시골로 내려가 그림을 그리고 싶다.

정치외교학과를 나왔다니까 그때부터 정치에 뜻이 있었던 건 아니냐고 묻는 사람들도 적잖은데, 사실 그 한 해 전에 물리학과에 지원했지만 떨어져 재수를 하면서 물리학보다는 법대나 정치외교학과 같은 인문계열이 더 적성에 맞는 것 같아 두 학과를 두고 고민을 했다. 당시 법대생들도 고시 준비를 위해 도서관이나 자취방에서 책 속에 묻혀 살았다. 도서관보다는 도봉산 암벽을 좋아하고, 막걸리를 마시며 개똥철학 논하는 것을 좋아하는 나는 고시생이 되기보다는 더 인간적이고 호연지기가 있어 보이는 정치학도가 되고 싶었다.

나는 우리 삶의 상당 부분이 하늘의 뜻이라고 생각하는 운명론자이다. 그렇다고 감나무에서 감이 떨어지기만 기다리지는 않았다. 어린 시절 할아버지께서 늘 강조하시던 '진인사대천명(盡人事待天命)'이 내 삶과 사고의 바탕에 깔려 있다.

통신사에 들어간 것도, 거기서 국민일보로 옮기게 된 것도, 또 방송국으로 바꿔 앵커라는 낯선 출발을 하게 된 것도 사실 무슨 계획을 가지고 진행한 것이 아니다. 정치인으로의 변신도 마찬가지다. 하늘의 뜻이 아니라면 무슨 말로 이를 설명할 수 있을까.

지금도 존경하는 집안 아저씨께서 나를 볼 적마다 "이 담에 크면 양평에서 꼭 국회의원을 해야 한다. 우리 맹씨 가문을 일으킬 사람은 너밖에 없다" 하셨지만 그저 덕담이려니 하고 흘려들었다. 까만 장갑을 낀 유세장의 김두한 씨를 보며 '저것도 괜찮겠는데' 하고 부러워한 적이 있지만 정치보다는 무용담에 더 관심이 많았던 철부지 때의 일이다. 나와 정치를 연결하는 것은 이게 전부였다. 굳이 더 보태자면 정치외교학과를 나왔다는 것, 그리고 정치부 기자를 했다는 것 정도가 고작인 내가 지금처럼 정치를 하며 살리라고는 꿈도 꾸지 않았다.

줄곧 정치부 기자로 살아왔기 때문이었던지, 얼굴이 알려진 방송사의 앵커라서 그랬던지 생각지도 않은 정치권으로부터 영입 제의가 들어왔다. 처음에는 거절했다. 정치를 한다는 생각을 전혀 해본 적이 없던 때여서 그랬기도 하지만, 솔직히 국회의원을 그리 대단하게 보지 않았던 것도 사실이었다.

그즈음의 나는 다른 고민을 하고 있었다. 방송국 생활이 5년째로 접어들던 시기였는데, 한시라도 긴장을 늦출 수 없는 방송인으로서 자기 시간뿐만 아니라 가족들과 어울릴 시간도 없는 생활의 연속이 너무도 힘들었다. 그래서 나름대로 속을 끓였다. 신문이 펜 기자를 중심으로 움직이는 데 비해 방송은 방송 출신을 주축으로 돌아가는데, 그 시스템의 차이 때문에 생기는 보이지 않는 갈등도 한계를 느끼게 했다. 더불어 '늘 이것만 하고 살 수는 없지 않은가' 하는 회의도 들었고, 친구들과 만나면서 여유롭게 살고 싶은 마음도 없지 않았다.

긴장된 생방송을 마치고 분장도 지우지 않은 채 아내를 불러내 태우고 춘천까지 심야 드라이브를 즐겼다. 아내와 단 둘이 앉은 차 안에서 그녀가 준비해 온 김밥과 커피를 마시고 아이들 이야기, 사는 이야기를 하는 순간만큼 행복한 시간이 없었다.

다시금 정치권에서 연락이 왔다. 그러지 말고 다시 생각해보라는 것이었다. 처음 거절할 때는 몰랐는데 두 번씩이나 영입 제안을 받고 보니 머리 속이 복잡하고 혼란스러워졌다. 흔들리고 있다는 표시였다.

처음으로 아내와 진지하게 상의했다. 극심하게 반대할 거라고 생각했는데 의외로 대답이 부드러웠다.

"알아서 하세요. 지금까지도 잘 해왔잖아요."

아내는 언제나 이런 식이었다. 내 어떤 판단에도 이의를 달지 않았다. 불안해하면서도 내 결정을 존중하고 따라주었다. 그만큼 나를 신뢰하는 것을 알기에 나 역시 실망시키지 않으려고 노력했다. 친하게 지내는 선배들이나 집안 어른들 그리고 주변 친구들과도 상의를 했다. 그리고 오대산으로 떠난 여름 휴가 길에서 나는 결심했다. 하늘의 뜻에 모든 것을 맡겨 보자고.

수도권에 사활을 건 중앙당이 그렇게 영입한 방송계의 인물은 나 말고 KBS의 박성범 씨, 이윤성 씨 등이 있다. 따라서 우리는 일종의 입사 동기인 셈이다.

하겠다고 나섰으니 이젠 출마 지역을 선택해야 했다. 중앙당에서는 영입 인사들을 위해 지구당위원장을 결정하지 않고 비워 놓은 지역들을 제시했다. 그 중에는 얼마 전까지 근무를 했던 여의도가 포함된 영등포, 대학을 다녔던 서대문 등이 포함되어 있었다. 중앙당에서는 나를 후보로 가정해서 실시한 이 지역들의 여론조사 결과도 보여 주었는데, 그때까지도 앵커를 맡고 있던 때여서 그랬는지 어디에서든 현역 의원을 압도적으로 이기고 있었다.

나는 송파을 지역을 선택했다. 어떤 이유가 있어서라기보다 왠지 끌리는 구석이 있었다. 그러나 주변에서는 내 선택에 대해 모두들 걱정 어린 눈빛으로 쳐다봤다. 특히 정치판 돌아가는 것을 조금이라도 알고 나를 아끼는 사람들은 위험한 선택이라고 극구 말렸다. 그때까지 송파의 어떤 지역에서도 여당이 단 한 번도 당선자를 내보지 못했다는 것이다. 실제로 13대 때와 14대 때의 결과를 보면 송파갑에는 민주당의 김우석 씨와 국민당의 조순환 씨가, 송파을에서는 평민당과 민주당으로 출마했던 김종완 씨가 연거푸 당선되어 현역으로 활동하고 있었다.

평소 존경하고 따르던 언론계 대선배인 최병렬 전 대표를 찾아가 앞으로 어떻게 해야 하는지를 상의했다.

"왜 쉬운 데 놔두고 거기를 가려고 해. 차라리 전국구를 달라고 해. 일단 전국구 하고서 나중에 지역구로 옮기면 더 낫지 않겠어? 송파는 어려워."

"여론조사도 잘 나오던데 왜 그러십니까?"

"여론조사하고 실제 결과하고는 다르다고. 아무튼 신중하게 잘 결정하시게."

다시 한 번 생각해 보라는 충고에 잘 알겠다고 대답은 했지만 내 결심은 흔들리지 않았다. 나는 일단 결심을 하면 잘 바꾸지 않는 스타일이다. 정했으면 일단 최선을 다해 가고 그 결과는 늘 하늘에 맡겼다.

내 인생의 또 다른 막은 그렇게 올랐다.

유세의 추억

허허벌판이어서 바람이 불면 가을인데도 코끝이 매웠다. 간신히 사무실을 하나 마련하기는 했지만 도와줄 사람이 없었으니 썰렁하기는 밖이나 안이나 매한가지였다. 나는 또다시 아버지에게서 짧은 칼을 물려받은 막내아들의 심정으로 구두끈을 질끈 묶고 거리로 나섰다. 조직이 있는 것도 아니고 돈이 있는 것도 아니었다. 믿을 것이라고는 몸뚱어리 달랑 하나였다.

하루에 백 명, 이백 명을 만나기보다는 한 사람을 만나더라도 내 진정성을 알게 하자는 각오로 정성을 기울여 손을 맞잡았고 지혜를 다해 이야기를 나눴다. 그나마 다행스러운 것은 얼마 전까지만 해도 존경은 못 되어도 사랑은 받는 앵커였다는 사실이었다. 길거리를 지나면 사람들이 알은체를 해왔다. 그것이 어찌나 힘이 되던지 발이 부르트는 줄도 모르고 길거리를 누비며 사람들을 만났다. 선거운동 시작이 점점 가까워 오면서 지역에서는 나를 지지하지는 않더라도 최소한 모르는 사람은 없을 정도가 되었다.

어느 날부터인가 사무실에 사람들이 몰려들기 시작했다. 선거가 시작된다는 표시였다. 바깥출입도 못할 정도로 수십 명씩 몰려와서는 이렇게 해야 한다, 저렇게 해야 한다 훈수를 두기도 하고, 자기가 관여하는 모임이 많으니 도와주겠다며 내 두 손을 꼭 움켜쥐는 사람도 있었다.

그러나 어떤 이야기를 하더라도 결론은 한 가지, 돈이었다. 소위 브로커라 불리는 사람들이었던 것이다.

시작부터 이런 데에 휘말리면 큰일날 게 뻔했다. 아무리 작은 불씨라도 한번 옮겨 붙으면 큰불이 되는 법이다. 나는 그들에게 단호한 어조로 말했다.

"내가 정치부 기자 출신입니다. 숱한 선거를 취재해 봤지만 돈 써서 당선된 사람이 잘 되는 걸 본 적이 없습니다. 세상이 이렇게 바뀌었는데도 돈을 써야 당선이 된다면 저는 차라리 국회의원을 포기하겠습니다.”

그 뒤로 그들의 모습은 그림자도 보이지 않았다. 실제로 선거 막바지에 이르러 중앙당에서 나온 사람들이 수군덕거리는 이야기를 전해들은 적이 있다. 맹 후보는 돈을 안 써가지고 큰일났다고.

그러나 나는 당당히 당선이 되었고 그날 이후 아직도 이렇게 건재하다. 돈이 당선의 바로미터는 아니라는 증거다.

선거운동이 시작되었다고 해서 이전과 달라질 것이라고는 하나도 없었다. 내 칼은 여전히 짧았다. 한꺼번에 많은 사람을 내 편으로 만들기보다는 한 사람이라도 정성을 다해 제대로 만나자, 사람들을 모아 놓고 악을 써가며 연설하는 것보다 한 사람에게라도 내 진정이 통하면 그 소문이 열 사람 백 사람에게 전달될 것이다라는 믿음이 있었다. 얼굴을 알아보고 쫓아와서 악수를 청하는 사람들에게 둘러싸이기보다는 시비를 거는 사람 하나와 쪼그리고 앉아서 한 시간이고 두 시간이고 내가 그를 이해하고 그가 나를 이해할 때까지 대화를 나눴다.

나는 사람을 두고 절대 계산하지 않는다. 나를 좋아하거나 그렇지 않거나 똑같이 대한다. 그래야 후회가 없다. 학창 시절 다른 친구가 먹던 밥을 빼앗아 먹었던 것처럼 주민들과 밥을 먹을 때에도 먹다 남은 밥이라도 가리지 않고 잘 먹는다. 옆자리의 수저로 국물을 떠먹기도 한다.

처음에는 이런 내 모습을 보고 연출이 아니냐고 생각하는 사람들도 있었지만 10년이 지난 지금은 으레 그러려니 한다. 진심이란 이렇듯 한결같은 것을 의미한다.

진심을 다해 대하는 마음, 남의 수저로 국을 떠먹는 소탈함이 전해지기 시작했던지 점점 괜찮은 후보라는 소리가 주민들의 입에서 흘러나오기 시작했다.

선거 기간에 나는 주민들과 두 가지 약속을 했다. 첫째가 부끄럽지 않은 정치인이 되겠다는 것이었고, 둘째가 앞으로 내가 무엇이 된들 사람이 달라지는 일은 없을 것이라는 것이었다.

나는 지금도 이 두 가지 약속을 신조처럼 여기며 지키기 위해 끊임없이 노력한다. 나 스스로도 부끄럽지 않고 나를 뽑아 준 주민들도 부끄럽지 않게, 그리고 큰 바위처럼 흔들리지 않게.

방이초등학교에서 열린 두 번째 유세 때였다.

연설을 하려고 단상에 막 섰는데, 한복을 곱게 차려입은 여자가 뛰어나오는 것이 보였다. 꽃다발을 주려는가 보다 하고 잠시 기다리고 있는데 단상 앞에 이르러서는 느닷없이 나를 향해 뭔가를 던지기 시작했다. '휙' 하고 내 옆을 스쳐 지나가는데 돌멩이처럼 보였다.

그 순간 왜 육영수 여사가 총탄에 쓰러지던 모습이 생각났는지 모르겠다. 그리고 차라리 이빨이 몇 개 부러지더라도 피하면 안 된다는 생각이 들었다. 뭔가가 날아들어 나를 정통으로 맞췄다. 하지만 다행스럽게도 돌멩이가 아닌 달걀이었다. 날아오는 대로 피하지 않고 꼿꼿하게 서서 다 맞았다. 출마한 모든 후보도, 그리고 운동장에 가득 모인 주민들도 꼼짝하지 않았다. 달걀을 던지는 여자만 빼고는 주변이 모두 정지된 화면처럼 보였다. 순식간의 일이었다.

어느새 누군가 나와서 여자를 데리고 밖으로 빠져나가자 그제야 웅성대는 소리가 들리기 시작했다. 곧이어 고함 소리도 터져 나왔다.

"뭐야! 테러를 해!"

"뭔 소리야, 지금!"

수건을 꺼내 얼굴을 대충 닦으면서 마이크로 다가갔다. 이렇게 고함이 오가는 분위기에서는 도무지 연설이 안 될 것 같았다. 무슨 말을 할 것인가. 마이크를 두어 번 손으로 톡톡 치고는 씩 웃으면서 첫마디를 날렸다.

"이왕 달걀을 주시려면 소금도 좀 챙겨 주시지 그랬어요."

말이 끝나자마자 '와~' 하는 함성이 들리더니 여당 지지자든 야당 지지자든 할 것 없이 우레와 같은 박수가 터져 나왔다.

경찰에 연행된 여자는 내가 처벌을 원하지 않는다고 해서 곧바로 풀려났다. 그리고 이튿날 사무실을 찾아왔다. 여자의 모습을 보고 사무장을 비롯해 모든 사람들이 줄행랑을 쳤다. 또 다시 행패를 부릴까 봐 겁이 났던 것이다. 그때 아내가 여자를 앉히고 꼬옥 끌어안으며 달랬다. 왜 그랬느냐면서. 그렇게 한참을 아내 품에 안겨 있던 여자는 말없이 돌아갔는데, 어느 날 내게 편지 한 통을 보내왔다.

사연인즉, 어렸을 때부터 '1' 자는 자신의 숫자라는 것이었다. 그래서 공부도 일등을 해왔고, 교회 목사님에게 양복도 제일 먼저 해드렸다. '1'은 하늘이 자신에게 준 글자인데 왜 맹아무개가 빼앗아 가느냐는 식의 글이었다. 인상적인 것은 편지지 빼곡히 적힌 '1'자였다. 따지고 보면 기호 1번을 달았기 때문에 당한 봉변이었다. 이 일을 두고 자작극이 아니냐는 말들도 돌았지만 편지에서 보는 것처럼 결국 정신이상자의 돌발적인 행동으로 밝혀졌다.

이 여성은 지금도 가끔 나타나는데 정신이 오락가락하는지

나만 보면 아무 데서나 큰절을 하려고 덤비는, 측은하기 짝이 없는 사람이다.

첫 경험치고는 참으로 많은 사연을 남긴 선거였다. 그리고 송파의 다른 지역에서 출마한 홍준표 씨와 더불어 아무도 밟아 보지 못했다는 송파에 국회의원으로 새 인생의 첫 발걸음을 내디뎠다.

부끄러운 이야기

전화 한 통을 받고 나서 나는 잠을 이루지 못했다.

"내일 새벽 네 시까지 팔레스호텔로 나오셔야겠는데요."

나는 그 말이 무엇을 의미하는지 직감적으로 느낄 수 있었다. 세상을 온통 술렁이게 했던 노동법을 우리끼리라도 통과시키겠다는 말이었다. 그것도 날치기로. 정치부 기자 생활을 오래 하면서 날치기를 여러 번 보아 왔지만 내가 그 뉴스 속의 주인공이 될 줄은 꿈에도 몰랐다.

잠이 올 리가 없었다. 어떤 이유를 대더라도 날치기란 단어 자체만으로도 긍정적인 의미를 지니지 못했다. 더욱이 당내의 의견도 모두 통일된 상태가 아니었다. 내가 속한 공부 모임 의원들만 하더라도 "노동법을 건드리면 정권이 날아간다"고 경고를 하고 그것만은 안 했으면 좋겠다고 의견을 모았던 터였다. 왜 그렇게 서둘러 통과를 시켜야 하는지 소속 의원들조차 설득시키지 못한 법안을 날치기로라도 통과시키겠다는 속내를 도무지 알 수가 없었다. 정리해고니 비정규직이니 하는 조항을 법으로 정해 놓는다고 해서 노동시장이 갑자기 유연해질지도 의문이었다.

이 문제는 그해 4월, 김영삼 대통령의 이른바 '신(新)노사 관계 구상'에 따라 기존 노사 관계의 의식과 관행 및 법과 제도를 전면적으로 손질하겠다는 의도로 시작되었다. 이후 노사정이 참여하는 '노사관계개혁위원회(노개위)'가 구성되고 노사 관계 개혁을 두고 각 주체들 사이에 공론이 형성돼 역사상 처음으로 노동법 개정에 대한 타협의 장이 형성되었다.

그러나 1년여에 가까운 논의에도 불구하고 노사 관계 개혁에 대한 합의가 이루어지지 못하자 이제 여당 단독으로 법을 통과시키려 하는 것이다.

야당이나 노동계가 가장 반발하는 조항은 정리해고 도입과 복수노조 유예 등이었는데, 노동법 개정이 한 번도 이렇듯 관련

당사자들의 합의 과정을 거쳐 본 적이 없다는 역사적 사실을 감안한다면 야당의 요구처럼 1월이나 2월로 연기해서 처리하면 합의점이 찾아질지도 모를 일이어서 안타까움이 더했다.

'어떡한다……'

난감하고 참담했다. 정리해고를 포함한 법이 통과되면 노동계가 가만 있지 않을 테고……. 그들이 들고일어나면 정권이 날아간다는 경고는 절대 과장이 아니었다. 별의별 생각이 다 떠올랐다.

'갑자기 몸이 아프다고 핑계를 대고는 빠질까? 가다가 차가 고장 났다고 말할까?'

하지만 이튿날 새벽, 시간이 늦어서 버스를 놓쳤다며 빠진 딱 한 사람을 제외하고 다른 의원들은 모두 정해진 시간에 정해진 호텔로 모였다. 그리고 곧장 준비해 둔 버스에 올라탔다.

의사당은 불도 밝히지 않은 상태였다. 정문도 아닌 후문으로 마치 도둑고양이나 되는 양 살금살금 발걸음을 옮기면서 '내가 이 짓 하려고 의원이 되었나?' 하는 자괴감이 들었다. 마치 신한국당이라는 거대한 기계의 부속품 취급을 받는 것 같아서 기분이 참담했다.

표결을 위해 몇 차례 앉았다 일어섰다를 반복하는 것으로 상황은 끝났다. 그리고 의사봉을 두드리는 것으로 말 많은 노동법은 통과되었다. 공공의 안정에 관한 법안을 함께 처리했는데도 시간은 불과 1, 2분밖에 걸리지 않았다.

노동계가 들고일어났다. 예상했던 일이었다. 길거리는 연일 노동자와 학생들이 벌이는 시위로 몸살을 앓았고, 한국노총과 민주노총을 중심으로 총파업이 전개되었다. 정국은 급속도로 냉각되었다.

결국 김영삼 대통령이 나서서 대국민 사과문을 발표했는데, 이게 또 불에 기름을 붓는 격이 되었다. 사과하는 태도가 너무 당당했다는 것이 그 이유였다. 분노한 노동자들이 이전보다 더 거칠게 들고일어나 오히려 사과를 안 하느니만 못한 결과를 낳았다. 어쩔 수 없이 두 번째 사과를 계획하게 되는데, 두 번째 사과문 발표 전 대통령이 나를 찾는다기에 급히 청와대로 들어갔다.

당시 한보 문제도 슬슬 불거지기 시작하던 시점이어서 그랬는지 모르지만 대통령은 내가 아는 그런 모습이 아니었다. 어떤 일에도 자신감이 넘치고 활달한 모습을 보여 왔던 패기 있는 대통령이 그날은 무척 시무룩하고 활기도 찾아볼 수 없었다. 얼굴은 초췌하고 머리도 부스스해서 더욱 그래 보였다.

대통령은 방송에 대해 물어 왔다. 다음 사과문 발표 때에는 어떻게 하면 좋겠냐는 물음이었다. 나는 지난번 사과문을 본 소감을 말씀드리고 프롬프터와 원고를 번갈아 보는 법이라든지 국민들로 하여금 대통령이 정말 사과를 하는구나라고 느낄 만한 내용을 적어 달라는 주문을 하고는 청와대를 나왔다. 마음이 무거웠다.

두 번째 대통령의 사과는 첫 번째와 달라 분위기를 많이 회복할 수 있었지만, 결국 물밑에서 용틀임하던 한보 사건이 전면에 등장하면서 상황은 더욱 나빠져 갔다. 날치기로 통과된 노동법은 1997년 3월, 여당과 야당이 협상을 통해 법안을 개정해 새롭게 통과시켰다. 불과 석 달도 채 안 되어서 다시 개정할 법률을 도대체 무엇 때문에 무리를 해서라도 통과시키려고 했는지 나는 아직도 그 이유를 모른다. 두고두고 부끄러워해야 할 일이다.

의리의 사나이

김해 김씨 시제 현장에서 신한국당 의원들에게 JP는 선문답과도 같은 말을 던졌다. 해석을 하자면 더 이상 몽니 부리는 일은 없을 테니 어서 나를 데리고 가라는 뜻이었다. 1997년 대통령 선거를 앞두고 JP와 DJ가 손을 잡느니 마느니 하는 이야기들이 솔솔 나오고 있을 때라서, 이 말은 곧 DJ와 손을 잡지 않고 이회창 씨와 연합을 할 수 있다는 속내이기도 하고, 또 DJ와의 연합이 어느 정도 성사 단계에 와 있음을 시사하는 말이기도 했다.

이 같은 JP의 뜻은 분명 당에 전달됐지만 받아들여지지 않았다. 연합 없이도 승리한다는 자신감 때문이었다. 그로부터 얼마 지나지 않아 공식적으로 DJP연합이 발표되었다. 그리고 이 연합은 결과적으로 신한국당이 그해 대선에 패배하는 결정적인 요인으로 작용하였다. 신한국당과 이회창 후보로서는 대선을 승리로 이끌 수 있는 천금 같은 기회를 날려 버린 셈이다.

본격적인 대선 레이스가 시작될 무렵 나는 이회창 후보로부터 직접 도와달라는 부탁을 받았다. 경선 때까지만 해도 김덕룡 씨 편에서 전국 유세를 함께 다니고, 경선 전날도 대의원들이 묵은 여관을 밤새 돌며 선거운동을 했었기에 이회창 후보와는 좀 소원하게 지냈는데 뜻밖이었다. 그러나 경선을 통해 신한국당 후보로 결정된 바에는 못 도와줄 이유가 없었다. 또한 이미 김덕룡 씨 진영에 합류하면서 내가 내건 조건이 "경선 결과에 승복하라"는 것이었으니만큼 거리낄 것도 없었다. 수행특보로 본격적인 대선에 뛰어들었다.

여당인 데다가 지지도도 탄탄해서 후보 주변에 사람들이 구름처럼 몰려들었다. 당장 선거를 치러도 당선에 문제가 없을 만큼 기세도 당당했다. 그러나 두 아들의 병역 의혹 등이 불거지고 선거 쟁점이 되기 시작하면서 지지율은 곤두박질치고 그 많던 사람들도 하나 둘 떨어져 나가기 시작했다. 지지율이 11%까지 낮아졌다. 후보와 함께 호남을 방문했던 날, 곁에 남은 사람은 현지 위원장 몇몇과 나 혼자뿐이었다. 마음이 아팠다.

"후보님, 다 도망가고 한 사람이 남는다면 제가 남아 있을 겁니다. 조금 지나면 다 잘 될 겁니다."

차 안에서 둘이 됐을 때 이회창 후보를 위로했다. 내 이런 위로가 고마웠는지 후보는 내 손을 꼭 잡고 "고맙다"며 눈시울을 붉혔다. 의원으로서는 유일하게 후보를 수행한 이날 호남 방문을 두고 기자들은 '의리의 사나이 맹형규'라는 제목을 달아 기사를 내보냈다.

그러나 상황이 나아지기는커녕 당에서조차 후보를 낙마시키자는 말까지 돌 지경이 되었다. 나도 참여하는 초선 의원들을 중심으로 한 모임에서는 이회창 후보에게 직접 물러나라는 얘기를 하자는 말이 구체적으로 나오던 터여서, 전국을 돌면서도 여간 신경이 쓰이는 게 아니었다. 내가 총대를 메고 나서서 후보 낙마를 논의하는 사람들을 만나 "전쟁 중에 장수를 갈면 어떻게 싸움을 치르나. 우리가 힘을 실어 주어도 모자라는 판에 뒤에서 딴지를 걸어서는 안 된다"며 설득에 나섰다.

마침내 이 일은 초선 의원들의 의견이나 요구 사항을 후보에게 전달하는 선에서 합의하고서야 더 이상 후보 교체니 낙마니 하는 말들이 나오지 않게 되었다.

문제는 경선에 참여했던 후보들의 표가 새나가는 데도 있었다. 이인제 씨는 경선에 불복하고 무소속으로라도 나갈 태세였고, 경선에서 탈락한 후보측 사람들은 이인제 씨 쪽으로 옮겨가려는 움직임을 보였다. 나는 이회창 후보와 경선에 참여했던 후보들 사이에서 다리 역할을 하며 소통시키는 데 주력하였다. 그 노력이 막판의 큰 이탈을 막는 데 큰 보탬이 되었다고 나는 믿고 있다.

대선을 코앞에 두고 안으로 이런 분열의 모습을 보이는 가운데 야당, 즉 국민회의와 자민련의 공조는 속도를 내고 있었다. 그리고 JP의 의미심장한 경고를 무시한 것은 끝내 DTP연합으로 이어졌다. 이회창 대 김대중의 선거 구도가 신한국당 대 반신한국당의 구도로 전환되는 순간이기도 했다.

두 번째 대선의 실패도 마찬가지다. 이회창 후보가 YS, JP와 함께 손잡는 모습을 보여 주기를 그렇게 간절히 원했지만 끝내 이루어지지 않았다. 대신 민주당의 노무현 후보는 막판에 깨지기는 했지만 국민통합21의 정몽준 후보와의 단일화에 성공하면서 역시 선거를 한나라당 대 반한나라당의 구도로 만드는 데 성공했다.

두 번의 대선에서 연거푸 패하면서 목숨을 끊는 사람이 생길 정도로 지지자들은 허탈감과 무력감에 빠졌다. 더욱이 탄핵 영향 속에 치러진 총선마저 패배하면서 분위기는 더할 나위 없이 처참해졌다. 더 이상 일어설 수 없을 것이라는 위기감이 돌았고 이대로 당이 깨지는 것 아니냐는 안팎의 우려 섞인 목소리를 들어야 했다. 하지만 다행스럽게도 노무현 대통령의 실정으로 인해 한나라당은 지지율 40%를 넘나드는 높은 인기를 유지하고 있다.

그러나 높은 지지율만 믿고 안주한 채 또다시 대선을 치른다면 그 결과는 지난 두 번의 대선과 별반 다른 결과를 보여 주지 못할 것이라고 나는 믿는다. 지금의 지지율은 한나라당이 끊임없는 정책 경쟁을 통해서거나 국민과의 줄기찬 스킨십 속에서 나온 것이 아니고 단지 노무현 정부의 실정에 편승한 측면도 적지 않기 때문이다. 따라서 이번 대선마저도 한나라당 대 반한나라당의 구도로 짜여진다면 또다시 어려운 상황에 직면하게 될 것이 분명하다.

한나라당을 배제하고 열린우리당과 민주당, 민주노동당이 공조하여 사학법을 통과시킨 사실을 주목하는 것은 이런 우려

와 무관하지 않다. 현재 열린우리당의 지지율은 여당이라는 간판이 무색할 정도로 처참하다. 이대로라면 지자체 선거는 물론 이어서 치러질 대선에서 승리하는 일은 요원해 보인다. 하지만 사학법 통과에서 보듯이 열린우리당과 두 야당이 이해관계 조율을 통해 손을 맞잡게 된다면, 이번 역시 지난 두 대선과 같은 구도로 전환될 확률이 크다.

노무현 대통령의 대연정 구상 역시 같은 맥락에서 이해할 수 있다. 대통령은 '한나라당 주도의 대연정'이라며 자신의 구상을 밝혔지만 이는 사실상 반한나라당 전선을 구축하고 한나라당을 고립시킴으로써 결과적으로 정권 연장을 노리는 음모라는 사실을 이제 알 만한 사람은 다 안다.

정부는 정부대로 여당은 여당대로 끊임없이 반한나라당 전선을 형성하기 위해 노력하는 모습들이 곳곳에서 감지되고 있다. 상황이 이러할진대 40%의 고공 지지율만 내세우며 잘 될 것이라는 안일함에 빠져 있다가는 어쩌면 지난 두 번의 패배 후에 가슴 졸이며 우려했던 일들이 실제로 일어날지도 모른다.

다행히도 우리에겐 아직 기회가 있다. 노무현 대통령과 그를 뒷받침하는 소위 개혁 세력이 그들에게 주어진 과제를 잘 수행해 냈다면 아마도 한나라당을 비롯한 보수는 설자리를 잃었을

지도 모른다. 하지만 노무현 정부와 개혁 세력은 오히려 그들이 얼마나 돌팔이인지를 확연히 드러내는 결과를 초래했다. 개혁의 실패는 보수 세력의 숨통을 틔워 주었고 더불어 보수 세력으로 하여금 전열을 가다듬을 시간을 허용했다.

마지막 기회인지 모른다. 더 이상 '꼴통' 소리를 듣는 보수여서는 안 된다. 실용주의적인 국민의 눈높이에서 사고하고 노무현 정부의 실정으로 고통받는 국민들과 함께 반노무현 전선을 형성해 나가야 하는 일이 시급하다. 그것이 이 땅의 건강한 보수 세력을 살리고 정권을 되찾아 오는 길임을 확신한다. 역설적이게도 어설픈 개혁과 연이은 실정으로 우리에게 많은 기회를 주는 노무현 대통령이 나는 고맙다.

통합의 리더십

내게는 딸이 셋 있다.

"아니, 웬 셋?" 하고 두 눈을 똥그랗게 뜨며 갑자기 무슨 말이냐고 되물으실 분들이 많겠다. 혹시 기자들이 이 글을 보고는 맹아무개에게 숨겨진 딸이 있다고 긁을지도 모르겠다. 정치판에 도는 말이란 게 하도 무서워서 꺼내기도 두렵다.

하지만 이는 맞는 말이다. 두 아이는 내가 낳은 딸이고 한 아이는 내가 밥을 먹여 키운 것은 아닌 삼은 딸이다. 이를테면 수양딸인 셈인데 앵커 시절에 사회단체로부터 누구 한 명 도와주겠느냐고 해서 냉큼 그러마고 했더니 소개한 것이 인연이 되어 만났다. 아버지는 돌아가시고 어머니는 병석에 계시는 중학교

2학년짜리였는데, 그때부터 전화나 편지를 주고받으며 지내온 시간이 벌써 10년을 훌쩍 넘었다.

아이가 고등학교 2학년 때이던가. 형편 때문에 진학을 포기하려는 아이에게 "너 대학 가라. 이 아저씨가 도와줄 테니" 해서 대학을 졸업하고 지금은 경기도 어느 지역에서 기간제 교사로 일한다. 어려운 환경에도 불구하고 대견하게 자란 아이를 보면 기분이 아주 흐뭇한데, 아마도 누구를 돕는다는 것은 바로 나 자신의 만족을 위해 하는 일인지도 모른다는 생각을 한다. 그리 머지않았을 텐데 이 아이가 결혼할 때 손을 잡고 식장에 들어갈 생각을 하면 지금부터 가슴이 뿌듯하다.

잘 자라 줘서 흐뭇하고 뿌듯한 건 분명하지만 늘 마음 한구석에는 안타까운 연민 같은 게 아주 없지 않다. 이런 마음은, 아이가 호남 출신이어서 그런지 모르겠지만, 내가 호남을 떠올리게 되면 드는 감정과도 같다.

나는 호남에 대한 애정이 많다. 그건 어렸을 적에 힘 약한 친구의 편에 서려고 노력하던 마음과도 통한다. 물론 호남이 약하다는 뜻은 아니지만 왠지 홀대받는다는 느낌을 지울 수가 없다. 이런 느낌이 싫다. 넓은 땅덩어리도 아니고, 게다가 남과 북도 나누어진 마당에 또 어느 한편을 따돌림하고 가르려는 시도는 통합을 부르짖는 마당에 어울리지 않는다.

그래서 나는 산업자원위원회 위원장을 지낼 때에도 호남에 대한 지원은 아낌없이 했다. 전남에 바이오단지를 형성한다고 해서 예산도 책정했고 광주에 산업단지를 조성하는 일에도 도움을 주었다. 최근에는 '학생의 날' 명칭을 '학생독립운동기념일'이라고 바꿔 달라는 광주일고 동창회의 요청을 받고 결의안을 만들어 흔쾌히 국회에서 통과시킨 일도 있다.

어떤 이들은 호남 표를 의식해서 의도적으로 그런 것이 아니냐고 색안경을 쓰고 보기도 한다. 하지만 그에 대한 내 대답은 단호하다. 아니다.

물론 한나라당이 호남 지역에서 대단히 취약한 지지도를 가지고 있는 건 삼척동자도 아는 일이다. 선거 때마다 한 자리 숫자를 넘지 못하는 득표율을 기록하는 유일한 지역이고, 한나라당 간판으로는 그 어떤 선거도 이기지 못하는 지역이기도 하다. 이를 몇 가지 재정 지원으로 해결하고 표를 얻을 수 있다고 생각한다면 그것은 오산이다. 나는 단지 내가 가진 호남에 대한 애정으로 품어 안으려고 노력할 뿐이다. 그것이 곧 분열을 치유하는 통합이라고 믿기에.

세계 제일의 연방국가인 미국도 우리처럼 남과 북이 갈라져

싸웠던 적이 있다. 1861년부터 1865년까지 5년에 걸쳐 남과 북이 벌인 전쟁이 그것이다. 넓은 농장을 가지고 흑인 노예를 부리며 살던 남부 사람들은 전쟁의 패배로 절망했을 것이고, 승리한 북부 사람들은 남부를 자신들의 손으로 주무르고 싶었을 것이다.

그러나 북부의 지도자였던 링컨은 대통합을 선언했다. 남부 사람들에 의한 남부의 재건을 도왔고, 남부 출신 인재들을 과감하게 등용했다. 북부 사람들 중 일부는 이런 링컨을 비난했지만 이는 오늘날 세계 최강의 미국을 만드는 시발점이 되었다.

만일 링컨이 패배한 남부 사람들을 차별하고 숙청했다면 어떠했을까. 아마도 그 원한이 복수가 되고, 복수가 또 다른 복수를 낳는 대립과 갈등만이 되풀이되었을 것이다. 오늘날의 우리 사회처럼. 링컨이 위대한 이유는 전쟁에서 이겼기 때문이 아니라 미국을 통합해 낸 위대한 지도자였기 때문이다.

지난 대선을 통해 노무현 대통령은 바로 이런 링컨의 리더십을 닮고 싶다고 밝힌 바 있다. 가장 존경하는 인물로도 링컨을 꼽았고, 『노무현이 만난 링컨』이라는 책을 쓰기도 했다.

링컨의 리더십이란 곧 통합의 리더십일진대 그러나 정작 노 대통령의 정치에서 통합을 찾아보기란 여간 어려운 일이 아니

다. 사회적 양극화는 더욱 극심해지고 편가르기식 정치는 여당
과 야당을 상생이 아닌 대립의 구도로 고착시켰다. 심지어 수도
를 나눈다며 서울과 지방의 갈등마저 부추기고 있다. 어디에도
통합은 없다.

나는 지난 2003년 초, 대통령이 미국 방문을 앞두고 통일외
교통상위원회 위원들과 저녁을 함께 하는 자리에서 분명히 말
했다. 편가르지 말라고. 국가원수가 되었으면 모두 내 국민이라
는 생각으로 끌어안고 가야지 이쪽은 내 편, 저쪽은 네 편식의
편가르기는 나라를 위해서나 국민을 위해서나 도움이 되지 않
는다고 간절히 건의했다. 그러나 대통령은 마치 화석인 양 여전
하다.

통합이 이렇게 요원한데 통일은 또 얼마나 먼 길을 돌아가야
할 것인가.

1 광주에 세워진 김대중컨벤션센터 개관식에 참석하여 기자 시절부터 알고 지내던 김대중 전 대통령과 인사를 나누는 모습.
2 김수환 추기경을 예방했을 때.

1 여야 5당 정책위 의장들과 정책협의회를 개최하고 나서.
2 2005년에 언론사 정치부 기자가 가장 신사적인 의원에게 주는 백봉신사
상을 받고 나서.

4·30 재보선 지원 유세 장면.

1 2004 에너지산업 순회 전시회.
2 요즈음 젊은이들의 우상인 온라인 게임 스타크래프트
  챔피언 임요환 선수와 함께

1 한나라당 의원들과 '기형적 편법수도 이전반대' 성명을 발표하고 있다.
2 결식아동 돕기 자선 팔찌 'Be FRIEND' 홍보 캠페인 중.

1 최영희 청소년보호위원회 위원장을 초청하여 학교폭력대책국민협의회 정책 간담회를 열고 있다.
2 국회 산업자원위원회를 방문한 영파여중 학생들과 함께. 국회 체험 교육을 위해 방문한 영파여중생들을 산자위원회 회의실로 초청, 회의실 내부를 소개하고 산자위의 역할과 주요 활동에 대해 설명하고 있다.

장기기증자 가족에게 장기 기증받을 권리를 우선적으로 부여하는 내용을 주요 골자로 하는 '장기 등 이식에 관한 법률 개정안' 대표 발의를 한 인연으로 MBC '느낌표!'에 출연했을 때.

5
희망은 힘이 세다

21세기 한강은 다시 재창조되어야 한다. 한강은 민족 문화를 통합하고 한민족 문화를 세계로 여는 중심으로 거듭나야 한다. 한강을 국제화 시대, 환경과 문화의 시대에 걸맞은 모습으로 바꾸고, 새로운 한강 시대의 문화를 창조해야 한다. 세계의 한류, 문화강국으로서 대한민국의 미래를 담지 않았으므로 한강의 기적은 아직 끝나지 않았다.

청년이 희망이다

"취업에 '가방끈'은 더 이상 도움이 되지 못하는 것으로 나타났다. 오히려 기술 없는 학력은 취업의 걸림돌이 되고 있다.

노동부 중앙고용정보관리소가 전국 122개 고용안정센터와 시·군·구 취업알선 창구 등 공공 직업알선기관의 취업 알선 실적과 고용보험 전산망 자료를 분석, 14일 발표한 '3·4분기 고용동향'을 보면 취업 전선에서 '학력 파괴'가 무서운 속도로 진전되고 있음을 확인시키고 있다.

대졸자의 31%가 일용잡부 등 단순노무직을 불사하고 있으며 임금 체계도 학력과 관계없이 기술 중심으로 재편되고 있다는 것이다. 불황과 고학력 취업난에 따른 '하향 취업'의 결과이기는 하지만 앞으로 인력시장의 구조가 이 같은 방향으로 진전될 것임을 보여 주는 것이어서 관심을 끌고 있다."

지난해 12월 〈한국경제신문〉에 실린 기사다. '고학력 실업 증가'라는 제목을 단 기사를 보며, 고학력자들이 단순노무직에 취업하는 비율이 늘고 있다는 사실은 익히 알고 있었지만 그 비율이 31%나 된다는 사실에 놀라지 않을 수 없었다.

이 기사에서 말하는 단순노무직이란 계기검침원, 건설잡역부, 제조현장정리원, 물품배달원 같은 일용잡부직과 청소부나 건물 경비, 파출부 등을 말한다. 또 이 기사는 고학력일수록 취업이 어렵다면서 지난해 대졸 학력을 가진 청년들이 취업을 하기 위해서는 7대 1의 경쟁률을 뚫어야만 했다고 덧붙이고 있다. 전문대 졸업자들이 2.4대 1인 것에 비하면 두 배가 훨씬 넘는다.

올해 초 통계청이 발표한 지난해의 청년 실업률은 8%. 지난해에 비해 0.3% 낮아졌다고는 하지만 여전히 8%대를 유지하고 있고, 이는 OECD 국가 중 프랑스·대만과 함께 최고 수준이다.

취업이 힘들다는 사실은 알고 있지만 이렇게 수치로 확인하니 또 다른 느낌이다.

청년 실업은 단지 일자리를 얻고 얻지 못하고의 문제가 아니다. 청년이 나라의 미래라는 명제에 동의한다면, 우리의 미래들이 일자리를 얻지 못함으로써 희망을 잃고 좌절하고 있다는 사실에 주목해야 한다.

정부는 틈만 나면 일자리를 늘리겠다고 말한다. 하지만 지난해만 해도 애초에 일자리 40만 개 창출을 공언했던 정부가 하반기 경제운용 방안에서 목표치를 30만 개 창출로 수정했고, 결과는 목표의 턱걸이 수준인 29만 9000개를 만드는 데 그치고 말았다. 올해는 일자리 수를 35만~40만 개로 잡았다는데, 그 근거로 경기회복이 빠르게 진행되고 있다는 점을 들고 있다. 하지만 사실 경기회복이 고용 개선으로 이어지는 데에는 시간이 다소 걸리기 때문에 한계가 있을 것이라고 전문가들은 분석한다.

일자리는 그저 말로 이루어지는 것이 아니다. 기업이 투자를 할 수 있는 분위기를 만들 때에만 가능한 일이다. 하지만 요즘처럼 각종 규제에 성장보다는 분배를 강조하는 분위기에서 투자할 기업인들은 아무도 없다. 오히려 있는 기업들도 외국으로 나가려고 하는 게 현실 아닌가.

외국 기업의 유치도 그렇다. 런던 특파원 시절, 일본의 혼다

자동차 공장을 영국이 유치했는데 부지를 무료로 임대해 주는 것뿐 아니라 공장 시공식에 여왕이 참석해 축하를 해주고 사주(社主)가 들어오는 길에 '최고'라는 의미를 지닌 레드카펫을 깔아서 존경을 표시했다. 언론에도 대대적으로 보도한 것은 물론이다.

하지만 우리는 이런 적극성은 고사하고 아직도 공무원이나 관료들의 부패가 존재한다. 뇌물을 쓰지 않으면 기업 하지 못한다는 건 외국에서 더 잘 안다. 그뿐 아니다. 하나같이 강성인 노조는 회사의 경영권까지도 간섭하려 드는 게 현실이니 이 문제들을 해결하지 않는다면 어떤 기업도 우리나라에 들어올 엄두를 내지 못할 것이다.

따라서 국내 기업의 투자 확대나 외국 기업 유치를 위해 투자 의욕을 고취시킬 방법이 무엇인지 정부는 진지하게 고민을 해야 한다. 비록 오랜 시간이 걸릴지라도 그것이 우리의 미래인 청년들에게 희망을 심어 주는 일이다.

허황된 얘기 같지만 나는 정부에게 우리나라 한 해 예산의 2% 정도인 2조 원만 딱 5년 동안 청년 실업에 투자하라고 권하고 싶다. 그 자금이면 일년에 10만 명 이상의 실업 청년을 동남아시아나 제3세계 국가로 내보낼 수 있다. 동남아시아의 경우 한 달 생활비가 50만~60만 원에 불과하므로 저축하거나 가계에 1백만 원 정도를 보탤 수 있게 하더라도 일년 연봉은 1천 5백만 원 안팎. 명목은 평화봉사단이지만 하는 일은 사람을 사귀든 취업을 하든 아니면 여행을 하든 자유롭게 놔두자.

이렇게 5년 동안 매년 10만 명 이상의 우리 청년들을 해외로 내보내면 그 사이 누적된 인적·물적 네트워크란 실로 대단한 자산이 될 것이다. 이 네트워크야말로 외교 능력이요 경제 능력이니 국가경쟁력도 기르고 청년 실업도 해소할 수 있는 일석이조의 효과를 가져올 수 있으리라 기대한다.

독도는 우리 땅

프로펠라 소리도 일순 멈췄다. 헬기로 포항을 출발한 지 한 시간 삼십 분. 창 밖으로 선뜻 다가온 독도! 온 국민이 저로 인해 잠 못 이루고, 한반도가 저 때문에 연일 들끓는데도 독도의 모습은 무심할 정도로 평화롭기 짝이 없다.

경상북도 울릉군 울릉읍 독도리. 이곳은 한일 분쟁의 뇌관이요 동해의 화약고다. 일본을 향해 배치된 대포, 소총을 든 전투경찰들의 결연한 모습이 긴장을 더한다. 헌정사상 최초로 정당의 당직자 회의를 위해 독도를 찾은 우리의 발걸음도 사뭇 조심스럽다.

정부는 말한다. 독도가 실제로 대한민국이 지배하는 땅이기에 가급적 문제를 만들지 말자고. 이른바 '조용한 외교'라 이름 붙였다. 하지만 일본의 속셈은 다르다. 어떻게든 우리의 감정을 자극시켜 독도를 국제사회에서 분쟁 지역으로 만들고, 우리의 지배를 약화시키려고 틈만 나면 흔든다. 우리 정부 입장에 동의하지 않는 것은 아니지만 문제는 그 조용함 속에 빠진 것이 있다는 것이다. 단호함이다.

대표적인 예가 1998년의 한일어업협정. 협상 과정에서 우리 정부는 어처구니없는 실수를 저질렀다. 독도를 중간수역으로 집어넣은 것이다. 어로구역 획정에서만 중간수역일 뿐 우리의 영토적 주권을 훼손한 것은 아니라고 주장하지만, 실제는 일본의 교묘한 전략에 말려든 것이다. 하기야 한일협정 당시 한국의 고위 인사조차 "골치 아픈 독도를 폭파해 버리는 게 낫겠다"는 철없는 소리를 했다니 일본인의 눈에 우리가 얼마나 우스웠을까?

우리 대통령이 일본을 방문해서 던진 발언은 또 얼마나 충격적이던가.

느닷없이 독도를 '다케시마'라고 불러 우리 국민을 경악케 한 것으로 부족해 자기 임기 중에는 한국과 일본 사이의 과거사를 문제삼지 않겠다고 했다. 여당의 원내대표를 지낸 사람은 일본 방문 길에서 한국에서의 과거사 논란은 국내용일 뿐이라고 듣기 좋은 소리만 늘어놓고 있다. 나라의 지도자들이 한 말이라고는 믿어지지 않을 정도로 기가 막힐 일이다.

이쯤 되면 한일어업협정 당시 일본은 완벽한 사전준비와 해구도(바다 밑 지도) 분석을 통해 어디에 도미나 복어 같은 고급 어종이 있는지를 소상히 파악하고 협상에 임한 데 반해, 우리는 주먹구구로 나가서 기껏 꽁치나 오징어만 잡게 됐다는 얘기도 그럴 듯하게 들린다.

당시 해양수산부 장관이던 모씨는 "내륙 출신인 장관이 바다에 대해 뭘 알겠느냐"는 국회의원들의 지적에 "나도 바다와 관계가 깊다. 회를 즐겨 먹기 때문이다"라는 개그맨 수준의 답변으로 헛웃음을 짓게 하더니 "일본 해수부 장관과는 평소 형님 아우 하는 사이이니 아무 걱정 마시라"고 큰소리치며 도쿄로 떠났었다. 쯧쯧. 공과 사 구별도 못하는 수준이니 협상에서 박살이 나는 것은 당연지사. 하긴 협상팀들이 쌍끌이 조업(배 두 척이 그물 하나를 함께 끄는 어로 방식)이 무슨 말인지조차 몰랐다니 그들을 믿고 협상 테이블만 눈이 빠지도록 바라본 우리 어민들만 불쌍할 뿐이다.

독도에 우리 경찰이 '독도경비대'라는 이름으로 주둔하기 시작한 것은 1956년부터다. 현재의 주둔 병력은 40명 정도. 그 이전에는 6·25 전쟁 당시 해병대로 참전했던 홍순칠 씨 등 혈기 있는 울릉도 청년들이 독도에 일본인들이 출몰한다는 소식을 듣고 1953년에 '독도수비대'를 결성, 독도를 지키기 시작했다. 3년 후인 1956년 여러 차례의 경고에도 불구하고 일본 순시선이 접근하자 사격과 동시에 박격포를 쏘았고 이게 국제 문제로 비화되면서 정부는 독도수비대를 철수시키고 경찰인 독도경비대가 들어왔다.

돌아오는 길에 울릉도에서 당시 수비대원이었던 어른들을 만날 수 있었다. 너무도 고맙고 그 애국심이 존경스러워 깊이깊이 머리를 숙였다. 젊은 시절 나라를 위해 보람 있는 일을 했다는 자부심으로 살아오신 탓인지 주름진 얼굴이지만 밝고 환한 기운이 가득하다.

독도, 동해 먼 곳에 홀로 떠 있는 한반도의 막내.

일본의 망언이 있을 때마다 우리 국민이라면 누구나 분노에 몸을 떨지만 정작 독도는 의연함을 잃지 않는다. 냄비 끓듯 열광하다가도 시간이 흐르면 언제 그랬냐는 듯이 다 잊어버리고 마는 우리네 속성을 너무나 잘 알고 있기 때문일까?

"독도의 하늘이 청명할 때 / 세계의 하늘이 청명하다 / 독도의 파도가 높을 때 / 풍랑이 온 세계에 퍼진다 / …… / 7000만 겨레의 7000만 그루 / 보이지 않는 염원의 나무 자라는 / 미쁜 보석 독도"

성찬경, 「독도의 노래」

왜 한강 韓江 인가

한강은 물〔水〕이다.

그러나 우리에게 한강은 그냥 물이 아니다. 한강은 생명이고 문화이며 1천만 서울 시민의 생명이자 삶이다. 더 나아가 한강은 대한민국과 한민족의 문화, 그 자체다. 민족의 심장, 민족의 젖줄 한강을 사랑하고 지키며 새롭게 창조하기 위한 일이 무엇인가 골몰히 생각하다가 명칭의 문제점을 찾게 됐다. 그래서 나는 2005년 6월부터 '漢江'의 한자 표기를 '韓江'으로 바꾸자고 주장하고 있다. 지난해 10월 20일 동료 의원 34명의 동의를 얻어 명칭 변경 건의안도 국회에 제출했다.

한강은 '한가람'이라는 고어에서 유래되었다. 여기서 '한'은

'크다, 넓다, 바르다, 가득하다'를 뜻하며, '가람'은 '강'을 뜻하는 고어다. 그러므로 한강은 '크고 넓으며 가득한 물이 흘러가는 강'이라는 뜻이다. 그런데 삼국시대 중국과의 교류를 통해 '한'을 '漢'으로 처음 표기하기 시작하면서 옛 이름이 사라지고 한수(漢水), 한강(漢江), 한강수(漢江水) 등으로 불렸다.

한국의 웅비하는 모습을 '한강의 기적'으로 표현하는 것처럼 한강의 역사적·지리적 가치는 한민족 역사의 중심과 같이하고 있다. 따라서 한강의 지금 표기는 대한민국의 중심, 한민족의 중심을 상징하기엔 미흡하다. 우리 민족의 역사에서 한강이 가지고 있는 중요성과 위상을 더욱 굳건히 하기 위해서라도 표기에서 중국을 연상시키는 한(漢)은 부적절하다. 더욱이 크다는 의미는 한(韓)이 더 가깝다.

마침 서울에 대한 중국어권 표기를 '漢城〔한청〕'에서 서울과 발음이 비슷한 '首爾〔서우얼〕'로 바꾸기로 했다고 한다. 이참에 한강의 의미를 바로잡고 우리의 자긍심을 나타낼 수 있는 명칭으로 변경하는 것은 너무도 당연하다.

한강은 예로부터 늘 우리 민족의 중심 무대였고 국가 발전의 기틀이었다. 신라의 삼국통일은 한강을 차지했을 때 비로소

가능했다. 수도 서울을 탄생시킨 모태로서의 한강은 오늘도 서울의 중심에서, 역사의 중심에서 도도하게 흐르고 있다. 우리의 삶과 문화, 그리고 역사가 이 강을 중심으로 전개되어 왔다. 6·25 동족상잔의 쓰라린 비극을 딛고 불과 몇십 년 만에 세계가 놀랄 만한 경제발전을 이루어 낸 것을 '한강의 기적'이라고 부르는 것에서도 한강의 중요성은 여실히 드러난다.

서울은 대한민국의 수도이자 상징이고, 바로 그 서울을 상징하는 것은 한강이다. 한강은 곧 대한민국과 서울의 과거이자 현재요 미래가 아닐 수 없다. 서울과 한강은 우리 역사 발전과 한계를 응축시켜 놓은 지점이다.

외세와 전쟁에 짓눌릴 때는 수난의 상징이었고, 1960~1970년대는 '한강의 기적'이라 불리는 개발의 상징이었다. 1980~1990년대는 획일적인 콘크리트 제방이 '암울한 시대'의 상징이기도 했다. 새천년 들어 한강을 '시민의 강'으로 만들고자 노력하고 있지만 반문화적인 개발의 음영은 아직 짙게 남아 있다.

21세기 한강은 다시 재창조되어야 한다. 한강은 민족 문화를 통합하고 한민족 문화를 세계로 여는 중심으로 거듭나야 한다. 한강을 국제화 시대, 환경과 문화의 시대에 걸맞은 모습으로 바꾸고, 새로운 한강 시대의 문화를 창조해야 한다. 세계의 한류, 문화강국으로서 대한민국의 미래를 담지 않았으므로 한강의 기적은 아직 끝나지 않았다.

이세 우리는 새로운 한강을 통해 새로운 한민족 문화의 시대를 활짝 열어야 한다. 희망의 빛을 잃고 활력을 잃어 가며 점차 침체와 절망의 늪으로 빠져드는 대한민국의 새로운 희망의 상징으로 '한강 문화 시대(韓江文化時代)'를 열어야 한다.

내가 한강의 한자 명칭을 굳이 예로부터 사용하던 중국 한나라 '漢'자가 아닌 한민족과 대한민국의 '韓'자로 바꾸자고 발의한 이유가 바로 여기에 있다. 한강 한자 명칭 변경은 이름 자체만을 바꾸는 것으로 끝나는 게 아니라, 새로운 '한강 문화 시대'의 열림으로 이어가자는 것이다.

미래를 결정짓는 것은 더 이상 과거와 같이 거대한 공장의 기계들이나 고속도로, 콘크리트 제방과 같은 하드 파워가 아니라 소프트 파워, 즉 문화의 힘이 될 것이다. '거칠고, 시끄럽고 그래서 불쾌한' 산업화 시대 서울의 모습, 이것이 곧 대한민국의 모습이었다.

하지만 새로운 '한강 문화 시대'는 우리의 수도 서울을 '단절·소멸·개발·분열·획일'의 20세기 회색 도시에서 '연결·재생·복원·통합·다양성'의 21세기 창조 도시로 변화시키는 방향타가 되어야 한다. 또한 서울을 자연과 인간이 상생하고 문화와 자연이 소통하는 '도시 공동체'로 변화시키고, 또한 예술과 문화산업으로 그 이미지를 탈바꿈해야 한다.

서울을 창의적 사고와 창의적 사람들이 넘쳐나는 '문화 공동체', 계층간·지역간 갈등을 넘어서 화합하고 화해하는 '생활 공동체', 한민족 문화를 세계로 발산하여 아시아와 세계의 중심으로 우뚝 서는 '세계 공동체'로 재창조하는 일이 바로 한강에서 시작될 수 있다고 나는 믿는다.

문제는 기업 氣-up 이다

황우석 교수 파동, 한류 열풍, e-스포츠, 러시아 유전개발사업, 행담도 개발사업 등 최근 우리 사회에서 화제가 되었던 일련의 사건들을 자세히 들여다보면 매우 의미심장한 법칙을 발견할 수 있다. 정부가 나서면 실패하고 정부가 나서지 않으면 성공한다는 것이다.

그동안 노무현 대통령과 집권 여당은 위기를 위기라고 부르는 기업인들과 전문가들을 매도하며 늘 잘 되고 있다는 말로 국민들을 안심시키는 데만 급급해 왔다. 그 결과 우리나라 경제성장률은 이미 성숙한 단계의 선진국에서나 볼 수 있을 만한 밑바닥 수치에서 벗어나지 못하고 있다. 말로는 '경제 제일'을 외쳤지만 실제로는 '정치 제일'에만 몰두한 결과다.

문민정부와 국민의 정부, 그리고 참여정부로 이어지는 지난 10년 동안 우리 정치 지도자들이 해온 일이란 과연 무엇이었을까. 세계화에 대응하기 위한 시장경제 여건 조성 및 체질개선, 규제 혁파, 사회안정, 국민통합, 국가안보 등 경제 회복을 위한 환경 조성이었을까? 아니다.

불행하게도 현재와 과거를 대립시키며 과거의 망령들을 되살리는 일에만 집착해 왔다. 개혁이라는 이름 아래 '역사 바로 세우기', '제2건국', '주류 세력 교체를 위한 수도 이전 및 과거 청산' 등 추상적이고 관념적인 명분론으로 나라를 온통 뒤집어 놓았을 뿐이다. 영국의 명재상 처칠이 "만약 우리가 현재와 과거를 서로 경쟁시킨다면 반드시 미래를 놓치게 될 것이다"라고 역설하며 국민통합을 이끌어 내고, 결국 영국을 지켜 내는 위대한 승리를 일구어 냈던 것과는 너무나도 대조적이다.

실업률 1%, 물가 1%, 경제성장률 1%, 유가 및 원자재 1%가 기업의 생존은 물론 수많은 국민들의 일자리 보전과 창출을 의미하고, 가정파탄·자살·가출 등 심각한 사회 문제와 직결된다는 사실을 조금이라도 이해한다면 '국가보안법 폐지'나 '과거 청산'보다 '기업 규제 혁파'와 '일자리 창출'을 위해 헤아릴 수 없는 불면의 밤을 보내야 그게 제대로 된 정부일 것이다.

이러한 정권의 과거에 대한 집착은 우리 사회를 철 지난 이념 대결로 몰고 갔고, 이는 대내적으로는 반기업 정서를, 대외적으로는 반미 정서를 확산시키는 데 일조했다. 북핵 문제를 둘러싼 한미 동맹 균열, 그에 따른 안보 불안, 강성 노조와 비정규직 문제로 발생한 노사 불안, 소위 가진 자들에 대한 무차별적인 공격으로 야기된 기업 활동과 투자 심리 위축 등 어느 새 대한민국은 기업 하기 싫은 나라가 되어 버렸다.

선진국들조차 '기업지원형 정부' 개념으로 전환하고 있는 마당에 '기업규제형 정부'를 고집하고, 거기에 사회문화적으로 반기업 정서마저 조장 또는 방조하고 있으니, 기업이 떠나고 자본이 떠나고 사람이 떠나는 '엑소더스 대한민국' 현상이 벌어지는 건 너무나 당연한 일이다.

우리나라가 독립된 지 올해로 60년을 넘겼다. 돌아보면 해방과 건국, 6·25 전쟁, 4·19와 5·16, 경제개발, 두 차례 오일쇼크, 10·26과 5·18, 88올림픽, OECD 가입, IMF 차관과 정권교체, 남북정상회담, 월드컵 개최, 대통령 탄핵, 수도 이전 위헌 판결 등 그야말로 짧지만 참으로 파란만장한 사건들을 겪어 왔다.

1962년에 불과 87달러였던 국민소득은 33년 만인 1995년에 1만 달러를 돌파하는 기적을 이뤘다. 정보통신 강국으로도 주목받으며 세계 11위 경제 규모를 자랑하고 있다. 문화예술 분야도 세계적 수준이다. 그 주역이 누굴까? 바로 기업이요 기업인들이다. 과거 산업화 시대의 기적을 이루어 낸 주역도 기업이었고, 미래 2만 달러 선진경제 시대를 만들 주역도 바로 기업인이다.

세계적인 미래학자 피터 드러커는 그의 저서 『Next Society』에서 한국이 세계에서 가장 기업가 정신이 높은 나라라며 다음과 같이 소개한 바 있다.

"기업가 정신을 가장 잘 실천하고 있는 나라는 미국이 아니다. 한국이다. 약 40년 전만 해도 한국에는 기업이 없었다. 제대로 교육받은 사람도 없었고, 전쟁으로 한국은 완전히 파괴되었다. 그러나 오늘날 한국은 24개 가량의 산업에서 세계 일류 수준이고, 조선과 몇몇 분야에서는 세계 선두 주자이다."

미래에 대한 확실한 비전을 가지고, 불굴의 개척 정신과 모험 정신을 바탕으로 스스로 사업을 일으키고, 이를 자기 인생에서 가장 즐거운 일로 여기는 기업가 정신이야말로 '한(恨)'으로 가라앉은 대한민국을 '흥(興)'으로 들뜨게 할 기폭제가 될 것이다.

기업 하는 사람의 사기를 북돋우고 기업 할 맛이 나게 만드는 것, 그것이 바로 기업의 기업(氣-up)이다.

얼마 전 중국을 방문한 적이 있다. 환대를 받으면서도 한편으론 씁쓸했다. 그들이 기억하는 대한민국은 1980년 이전 상태에서 멈춰 있었다. 그 이면에는 단순히 군사강국이나 대국으로서가 아니라 우리가 헤매고 있는 동안 고도성장을 이룩한 경제 대국으로서의 자신감과 자부심이 짙게 배어났다.

중국은 이미 '모방에 의한 추격'에서 '혁신을 통한 추월'로 전략을 전환했다. 문제는 기업이다. 중국은 기업이 넘쳐나고 우리는 실업이 넘쳐난다.

중국은 이제 서부 개척 시대를 꿈꾸며 내일을 준비하고 있지만, 우리는 기업도시 하나 제대로 추진하지 못하고 제자리걸음만 한다.

정부가 나서서 추진한 러시아 유전개발사업과 행담도 개발 사업을 보며 나는 그 발상의 황당함에 조소를 금치 못했다. 이제 정부는 할 수 없는 일, 해서는 안 되는 일에서는 과감하게 손을 떼야 한다. 사업은 기업이 판단하고 추진할 몫이다. 정부는 행정 서비스를 통한 기업 지원, 사회안전망 구축을 통한 안전한 사회 환경 조성, 새로운 성장 동력을 창출하기 위해 기초연구

투자를 통한 사업 기회 촉진, 공정하고 안정된 경제 질서 구축
을 통해 시장경제의 큰 틀을 유지·발전시키는 조정·중재자 역
할을 수행해야 한다.

예나 지금이나 대한민국의 최대 자원은 사람이다. 현 정부도
이 점을 인식하고 '사람 입국'을 내세웠지만, 구호만 거창할 뿐
'평준화'와 이념의 틀에 갇혀 아무런 성과를 내지 못하고 있다.
과거 산업화 시대의 인적 자원이 양적 차원의 문제였다면, 지식
정보화 시대인 오늘날의 인적 자원은 질적 차원의 문제로 바뀌
었다.

그럼에도 불구하고 우리나라의 교육정책은 '평준화'와 '공공
성'에서 단 한 발짝도 나아가지 못하고 있다. 이러다 보니 기업
마다 교육이 세계의 변화와 사회 수요를 따라잡지 못하고 있다
는 비판을 쏟아내고 있는 실정이다.

흔히 우리나라 사람들의 국민성을 비판하는 말 중에 "독 속
의 참게"라는 말이 있다. 참게는 항아리에 수백 마리를 넣어도
뚜껑을 덮지 않는다. 뚜껑을 열어 두어도 기어올라가는 놈의 발
을 다른 놈이 잡아당겨 주저앉히는 일이 반복되기에 단 한 마리
도 빠져나오지 못한다. 서로가 서로의 발목을 잡는, 그래서 어
느 누구도 전혀 앞으로 나아가지 못하는 무조건적인 평균·평등

주의는 이제 버려야 할 때다. 한 사람에 의해 수백, 아니 수천 명의 일자리가 생겼다 사라졌다 하는 시대가 아닌가.

한국 경제는 지금 위기와 기회를 동시에 맞고 있다. 정부나 정치인들이 여러 기업들과 더불어 '탈규제', '민간 부문 확대', '인프라 확충', '교육의 질 향상', '사회안전망 구축' 등을 위해 지혜로운 동행을 한다면 세계 속의 일류 국가가 되는 길은 결코 멀어 보이지 않는다.

1980년 미국 대선 당시 공화당의 레이건 후보가 의미 있는 말을 했다.

"미국의 경제 상황을 판단하는 기준은 세 가지가 있습니다. 경기침체는 이웃이 실직했을 때이고, 불황은 내가 실직했을 때이며, 경기회복은 카터가 물러났을 때입니다."

자, 누가 이 총체적 난국의 책임을 질 것인가?

희망이 있는 나라

박정희 대통령 시절에 대한 평가가 사람마다 분분하다. 한쪽에서는 근대화의 아버지요 경제를 일으켜 세운 지도자라고 평하는가 하면 다른 한쪽에서는 정치적 과오에 대한 비판들이 있다. 공(功)만 있고 과(過)는 없는 사람, 혹은 그 거꾸로인 경우란 있을 수 없기에 양쪽의 평가가 다 일리는 있다. 하지만 내 기억 속의 박정희 대통령 시절은 그 공과 과를 떠나 최소한 꿈과 희망이 있었다.

일제시대와 한국전쟁을 겪으면서 국민들의 삶은 피폐해질 대로 피폐해졌다. 정치인들은 점잖게 민주주의를 말했지만 국민들은 굶주림으로 길거리를 헤매야 했다. 지상의 모든 지식

과 쾌락을 얻기 위해 악마에게 영혼을 판 파우스트처럼 먹을
것과 입을 것, 그리고 잘 곳을 위해서라면 자신의 모든 것을
팔 기세였다.

그때 등장한 박정희 대통령은 국민에게 미래를 위한 메시지
를 던졌다.

"우리도 하면 할 수 있다."

국민들은 희망을 보았다. 비전을 가졌다.

"우리도 노력하면 잘살 수 있다."

그 시절엔 토요일도 없었고 일요일도 없었다. 새마을 노래의
가사처럼 도시에서는 새벽종이 울리고 새 아침이 밝으면 너도
나도 일어나서 일터로 나갔고, 시골에서는 초가집도 없애고 마
을 길도 넓히며 새마을을 가꿨다.

무역회사 직원들은 외국의 바이어들에게 하나라도 더 팔려
고 눈물나게 노력을 했고, 공장의 생산직 근로자들은 노랫소리
크게 틀어놓고 잠을 쫓아 가며 밤낮없이 일했다.

몸이 부서지도록 만나고 설명하고 생산하면서도 참고 견딜
수 있었던 것은, 그렇게 하면 잘살 수 있다는 희망이 있었기 때
문이다.

중앙청 출입 기자를 하면서 만난 김종필 총리는 기자들 앞에

서 큰소리를 쳤다.

"이제 조금만 지나면 대학생들이 자가용을 몰고 다니는 시대가 올 겁니다."

아직도 마음놓고 하루 세 끼를 해결하는 사람이 그리 많지 않던 시절이어서 뒤돌아서서 코웃음을 쳤지만 그래도 기분은 좋았다. 희망은 상상만으로도 사람을 달뜨게 한다. 그리고 실제로 그런 시대가 왔다.

1990년대 초반이었을 게다. 워싱턴에서 교수를 하는 동서가 와서 앞으로는 전화기를 주머니에 꽂고 다닌다는 말을 했을 때에도 웃어넘겼다. 그런데 정말 얼마 지나지 않아 그런 시대가 왔다. 더욱이 그 부분에서 세계 최고의 기술력을 자랑하는 나라가 우리라는 사실은 어깨를 으쓱이게 한다.

꿈과 희망이 이뤄낸 성과다.

이제 서울에도 꿈이 생겼다.

콘크리트 건물로만 사방이 둘러싸여서 갑갑하고, 줄줄이 늘어선 차량들로 꽉 막히고, 그 차량들이 뿜어내는 매연으로 매캐하던 서울이 달라졌다. 무겁고 무기력하고 각박한 이미지로 인식되던 서울이 새롭게 거듭나고 있다.

대중교통 위주로 소통시킨 도로 정책은 시원하게 뚫린 서울을 만들었고, 시청 앞의 잔디밭은 도심 한복판의 휴식 공간으로 자리잡아 일상에 지친 시민들을 여유롭게 한다. 숲으로 가꾸어 새롭게 변화시킨 뚝섬은 서울의 오아시스 역할을 톡톡히 해낸다.

청계천 복원은 또 어떤가. 청계천 복원은 토목공사를 통해 이루어졌지만 단순한 토목공사 이상의 의미가 있다. 무거운 서울을 가볍게 하는 공사요, 무기력한 서울을 활기차게 하는 공사며, 각박한 서울을 여유 있게 하는 공사였다. 서울의 미래에 대해 자신감과 기대감을 갖게 한 의미 넘치는 공사였다.

사람들은 말한다. "서울도 숨쉴 만한 도시구나"라고. "서울도 가꾸면 얼마든지 사람 살 만한 도시가 될 수 있구나"라고. 멀쩡한 교통 체계를 정비한다고 불평도 많았고, 생업에 지장을 받은 청계천 주변 상인들의 불평도 많았지만, 지금은 누구도 불평하거나 불만을 품지 않는다. 왜? 단언하건대 서울이 달라질 수 있다는 희망을 보았기 때문이다.

이제 서울에 아름다움을 입힐 일만 남았다. 세계적인 도시에 걸맞은 특징 있는 아름다움을 만들어야 하고, 사람 사는 냄새 폴폴 나는 아늑한 아름다움을 만들어야 한다. 숨쉴 만한 도시를 만드는 데 성공했으니 그 위에 아름다움을 만드는 일은 한결 쉬울 터이다.

희망이 만드는 미래는 상상만으로도 행복하다.

역시 희망은 힘이 세다.

분열 정치, 이제 끝내야

2005년 6월, 노무현 대통령의 실정으로 현 정권에 대한 지지도가 20%대로 떨어졌음에도 불구하고 당내에서는 집권불가론이 팽배했다. 전투에서 이기고도 전쟁에서는 두 번이나 패배한 경험이란 그렇게 무서웠다. 정책위 의장이었던 나는 그동안 한나라당의 집권 전략에 대해 당내에서 연구나 검토는커녕 논의조차 없었다는 점을 안타깝게 여겨 저명한 대학교수들과 선거전문가, 지구당위원장(현 지역구 당원협의회 운영위원장)들과 함께 정권 창출 전략을 논의하기 시작했다.

한 달여에 걸친 집중적인 논의 끝에 집권 전략의 핵심 컨셉을 '빅텐트' 정치연합으로 결정했는데, '빅텐트'란 본래 인디언

들이 부족 전체 회의를 여는 장소로, 정당이 폭넓은 정치적 견해를 허용하는 것을 의미한다.

논의 내용을 한창 정리하던 중인 7월 28일, 느닷없이 노무현 대통령이 '한나라당 주도 대연정 구상'을 제안하여 정국에 일대 파란을 일으켰다. 하지만 곧 대연정 구상이 반한나라 전선을 구축하고 한나라당을 고립시키고자 하는 노무현 정부의 집권 연장 음모임을 간파하고, 빅텐트정치연합을 그 대응 전략으로 재구성하기 시작했다.

당은 노 정권의 집요하고도 정략적인 대연정에 일절 대응하지 않는다는 원칙을 정하고, 당시 주력하던 민생론으로 정부와 여당을 압박해 나갔다. 하지만 민생론만으로 대연정 공세를 극복하기에는 역부족인 상황이 발생했다. 8월 말의 의원 연찬회에서 연정론을 두고 당내 이견이 속출하면서 자칫하면 내부 갈등으로 번질 조짐을 보인 것이다.

당의 무대응 노선에도 불구하고 제1탄을 발표한 것은 대연정을 수용하자는 등 당내 이견을 그대로 놔둬서는 자칫 대연정 전략에 말려들어갈 수 있다는 판단에서다. 따라서 제1탄은 연정론의 실체가 집권 연장을 위한 기만술임을 알리고, 그것을 극복하는 방안으로 노 정권의 편가르기식 분열 정치에 반대하는 모든 정치세력을 아우르는 빅텐트정치연합의 결성을 제안하는 내용이었다.

그러나 발표 의도와는 달리 당내에서는 대통령이 민생을 외면하고 연정 제의에만 매달려 있는 이때, 야당까지도 정치 게임에만 몰두하는 것 같은 인상을 줄 수 있다는 지적과 우려가 제기되었다. 연정론에 대한 대응이 아니라 연정론이란 음모적 논의 자체를 차단하고 한나라당의 집권 기반을 공고히 하고자 하는 데 그 목적이 있다는 사실을 이해하지 못하는 것이 안타까웠다. 제2탄은 이러한 사실들을 확인하고 못박아 두는 역할을 했다.

9월 7일 청와대에서 열린 노 대통령과 박근혜 대표의 회담에 나는 정책위 의장 자격으로 배석했다. 연정론 얘기가 나왔지만 박 대표의 공식적인 거부로 사실상 종결된 시점이기도 하다.

언론과 당 안팎에서는 대연정 종결에 따른 노 대통령의 다음 카드에 촉각을 세우는 등 정국이 온통 대통령의 중대 구상에 휩쓸리는 어수선한 상황으로 흘러갔다. 당도 분명한 상황 인식이나 뚜렷한 대응 전략 없이 속수무책인 상황이었다.

청와대 회담이 있었던 그 이튿날, 노 대통령은 조기사퇴·개헌 등 현재 자신이 약세인 정치판을 깨기 위해서는 무슨 일이든 할 사람인 만큼 상황을 너무 안이하게 보면 안 된다는 점을 강조하고, 그런 사태를 미연에 방지한다는 차원에서 노 대통령의 노림수와 빅텐트정치연합의 필요성을 다시 한 번 강조하며 미리 준비해 두었던 빅텐트정치연합 제3탄을 발표했다.

제3탄 발표 이후 사실상 연정론과 조기개헌론은 물밑으로 잠복하고, 끝내 정국의 중심에서 소멸되었다.

청와대발 정계개편이 사라지자 이제는 열린우리당 중심의 정계개편론이 부상하는가 싶더니 민주당과의 합당론이 본격적으로 거론되는 등 지방선거 공조를 위한 시도들이 곳곳에서 쏟아져 나왔다. 한나라당을 고립시키겠다는 전략을 드러낸 것이다.

따라서 이에 대한 대응이 필요했다. 제4탄은 한나라당 고립화 전략을 조기에 차단할 필요성을 역설하고, 여권에서 흘러나오는 정계개편의 방향과 그것이 실패할 수밖에 없는 근거를 제시했다. 또 노 대통령 축출을 통한 열린우리당의 분열을 예고하는 내용을 담았다. 대통령의 축출이라는 내용이 다소 충격적이었던지 대부분의 언론은 이 내용을 대서특필했다.

하루도 잠잠할 날이 없는 것이 우리의 정치 현실. 사학법 날치기 통과와 유시민 의원의 입각 파동으로 또다시 정국이 혼란에 빠졌지만, 당 역시 내분과 갈등 조짐 등으로 어려움에 봉

착했다. 오늘날의 파동이 기존 정치권을 배제한 상태에서 자신의 추종 세력들을 중심으로 재집권하고자 하는 그 실체가 노 대통령이 정략적 음모임을 집중 부각하고, 지자체 선거 및 대선 승리를 위해 보다 과감한 통합과 대국민 행보를 주문한 것이 제5탄의 내용이다.

노 대통령의 재집권을 위한 몸부림은 대단하다. 한나라당을 고립시키고 흔들려는 다양한 시도는 아직도 진행 중이다. 나는 빅텐트정치연합론을 통해 노무현 정부의 음모를 폭로하고 맞서 왔을 뿐 아니라 한나라당의 집권 전략에 대한 비전을 제시해 왔다. 이러한 노력이 한나라당의 정권 탈환에, 대한민국을 수렁에서 건져내는 데 조금이나마 도움이 될 수 있다면 무엇을 더 바랄까.

한나라당 원내대표단의 일원으로 독도를 방문한 자리에서 헌정사상 최초로 당직자회의
를 개최하고, 일본의 독도 영유권 주장 철회와 역사교과서 왜곡 중단을 촉구했다.

1 국회 산자위 여야 의원들과 남대문시장을 방문해 '아름다운 선물 주고받기를 통한 재래시장 살리기 운동' 지원 활동 중.
2 크리스마스 이브, 50여 명의 자원봉사단과 호남 폭설 피해 복구 현장을 찾아 그들과 아픔을 나눌 수 있어 감사했다.

1 청량리 광장 최일도 목사
의 '밥퍼나눔운동' 발대식
에서. 사랑·믿음·소망 중
제일은 사랑이고, 그 중에
서도 '실천하는 사랑'이
으뜸이다.
2 젊은이들의 광장, 대학로
마로니에 거리에서 벌어
진 '젊은 연극제'에 참석
했을 때.

중국공산당 초청으로 중국을 방문, 13억 인구의 지도자인 후진타오 주석과 인사를 나누는 중.

시계회사인 로만손 개성
공장 준공식에서. 개성
공단은 남북간 경제협력
의 산실로서 우리 한반
도 경제 재도약을 이루
는 초석이 될 것이라고
생각한다.

한강시민연대 주최 토론회에서 '大韓江 르네상스'에 대해 설명하고 있다.

1 국회 산자위 주최 산자부·에너지관리공단 주관으로 열린 '2004 신재생 에너지 기술 및 제품 전시회'. 평소 석유 한 방울 나지 않는 나라에서 신재생 에너지의 적극적인 활용은 이제 선택이 아닌 필수다.

2 양양 고성 산불 현장을 방문했을 때. 이날 마을회관에서 내 손을 잡고 눈물 흘리던 할머니 얼굴이 생각나서 잠이 오지 않았다.

1 한나라당 정책위 주관으로 열린 '부동산정책 국민대토론회'. 망국병 중에도 고약한 병인 부동산 정책의 실패와 원인을 진단하고 대책을 모색해 보는 시간을 가졌다.
2 NGO 모니터단 선정 '2004 국감 최우수의원 선정' 시상식 장면.

눈부시게 푸른 어느 가을날 벌어진 한나라당 서울시당 체육대회에서.